へるす出版新書
007

できれば晴れた日に

自らの癌と闘った医師とそれを支えた主治医たちの思い

板橋　繁
Itabashi Shigeru

HERUSU SHUPPAN

できれば晴れた日に——自らの癌と闘った医師とそれを支えた主治医たちの思い●目次

「序」旅立ち

東北厚生年金病院院長　松野正紀

人は死に直面した時、あるいは死を覚悟した時、どのような振る舞いをするのであろうか。「死ぬ時は、死ぬが良かろう」と言ったのは越後の歌人・良寛である。私の好きな言葉である。彼は生涯をこゝろ豊かに乞食して歩き、山中の庵にひとり棲んで自然と戯れ、子供らと日が暮れるまで遊んで過ごした。死が近づくと、「われながら　嬉しくもあるか　御仏の　ゐますみ国に　行くと思へば」と詠っている。

本書は、発育期の男児三人を残して、若くして癌で亡くなった医師の壮絶な闘病記である。著者は、私の大学の後輩であり、サッカーの仲間でもあった。

癌が再発してからは、激しい苦痛に悩まされ、精神的、肉体的にまさに闘病となっていった。日記の中で著者は繰り返し、「癌はいつも新しい戦法で闘いをしかけてくる」と敵の動きを読み、少ないチャンスを生かして「一発逆転勝ち」を納めたいと虎視眈々と狙っていたと述べている。これは殆どサッカーのゲーム感覚である。とくにレベルが数段上の強力チームに対して善戦し、わずかに逆転が可能な接戦に持ち込んだ厳しいゲームで走り回っている感覚なのであろう。このような自分の死に対してあらゆる抵抗を試みる執念は、良寛のそれとは対極的である。その違いはどこから来るのであろうか。はっきりしているのは、残される家族がいるかいないかである。

たまたま私にも子供が三人いる。一番上が五歳になった時に、ヒマラヤ遠征隊に加わって未踏峰を目指したことがあった。登攀技術の未熟な私の場合は、危険なことはさせないとは言われても、斜面を滑落したりクレバスに落ちたりする可能性がまったく無いわけではなかった。もしもの場合、カミさんや子供たちのことが多少心配ではあった。そこで、面倒見のいい某先輩に「私に万一の時は家族をよろしくお願いします」と頼んだことがあった。冗談とも本気とも取れる私の依頼に対して、先輩は急に真面目な顔になって「わかった。後は任せろ」と言ってくれた。そんなに簡単に引き受けたり、面倒をみることができるような話ではないのは分かっていたが、その返事を聞いた時は本当に嬉しかった。その先輩はすでに故人となったがお蔭ですっきりした気持ちで旅立つことができた。そのことを今でも心から感謝している。

著者が亡くなる直前、二回程緩和ケアの病室を訪ねた。出勤途中の早朝に寄った時だったが、彼はベッドの上で沢山の手紙を書いていた。家族の話になった時、彼はこう言って大粒の涙を流した。「高校に合格して野球部に入った長男が、父親が入院したので部活をやめると部長の先生に言ったたと報告に来たんです。これは本当につらいです」。普段、涙などみせぬ男の切ない心中が伝わってきて、こちらもジーンとくるものがあった。そして思わず言ってしまった。「子供たちのこと、後は俺たちに任せろ」。気休めの言葉であったとしても、心静かに旅立ってもらいたいという思いは強かった。彼はゆっくり大きく頷いて、少し穏やかな顔を見せてくれた。

良寛のように枯れて、悟りを開いた高僧には及ぶべくもないが、このような著書を残し、短期間にやりたいことはすべて完了しての旅立ちは見事であった。最後の心境は良寛に勝るとも劣らない穏やかなものであったと想像している。

プロローグ

みやぎ県南中核病院院長　内藤広郎

人は誰でも必ずいつかは死を迎える。そんなことを知らない人はいないはずなのだが、一見健康に暮らしている普通の人間はそれだけは自分のことではないと思っているし、考える必要もないし、考えたくもないと決め込み、常に意識の彼方に遠ざける。しかし、昔から言うではないか、四苦八苦と。四苦とは生老病死を表すのだから知りませんと言うことはないのである。ある程度の年齢になれば結婚式に出席するよりは葬儀に参列することの方が多いくらいであるから、そう遠くない未来は自分のことだと思うはずである。しかし、それでも死というものを我々は自分の意識の世界から遠ざけて暮らしている。

医師の場合はどうかといえば、仕事のなかに死があるのだから誰よりも死が身近である。それは確かにそうではあるが、医師であったとしても、当たり前のように自分にとって死が身近であると意識はできない。少なくとも普通に働いているうちは、何とか病んでいる人、死に行く人の力になりたい、支えになりたい、とそれしか考えていない。自分の仕事だから、それを一生懸命こなすことが努めであり、幸せだと思っている。

しかし、遠ざけていたはずの死がある確率で誰かに訪れる。突然の死もあるし、ゆっくり訪れる死もある。それは、分かっていることではあるが、その確率が自分の同僚の医師に訪れたことの不合理さに絶句する以外ないのである。

当院呼吸器内科部長の板橋繁医師は胃癌と二年半にわたって壮絶に闘い、そして二〇〇七（平成十九）年九月十二日、現職の医師として四十七歳で力尽きた。彼は地方自治体病院で医師として働いた我々の同志である。こういう素晴らしい医師と同志として働くことができた運命に感謝し、そしてあまりに早く逝ってしまった運命を呪う。

死を覚悟しながら働く同志である医師を、やはり同志である医師が診療していく場面は世の中にはそんなに珍しいことではないかもしれない。もちろん、そういう場合にはいろいろなメッセージが伝達されるに違いない。しかし、彼は我々の心に刻印される贈り物とも言えるメッセージを残してくれた。一つは、闘病の歴史のなかで示してくれた「真摯に生きる、生きぬく」ということの大切さへのこだわりである。もう一つは今回の闘病記である。彼の心が刻まれている。

彼の闘病記を改めて読みなおして、我々の気持ちを重ねることができるのだろうか？と思うようになった。彼のメッセージをそのまま伝えるべきなのかもしれないが、そのことを通じて、生きることと死を迎えることをいつでも、真剣に、そして身近に考えていきたいと思う。

「はじめに」に代えて——できれば晴れた日に

この本は癌の闘病記である。癌患者（私）の日記を基にしたものである。

タイトルの由来について触れたい。

晴れた日に死にたい、とか西行法師のように桜の下で死にたい、ということではない。三男の、小学二年生のときの作文からとった。癌の手術を乗り越え、まだ再発をしていなかった頃の作文である。

思えば自分は妻や子どもたちにいつでもこのような思いをさせてきてしまった。医師という職業に就いているものにとっては、どうしても家庭が犠牲となり、家族と過ごす休日がとれなかったり、一緒に遊ぶ約束を守れなかったりすることが多くなる。妻は自分が医師であることを承知で結婚してくれたのだが、子どもたちにしてみれば父親が医師であることに選択の余地はなく、理不尽な話なのである。この作文を見せてもらった時は嬉しいと同時に涙を抑えられなかったし、今でもこの時の彼の心境を思うと目の前がかすむ。

こういう思いはもちろん三男ばかりが感じているのではない。次男には（もちろん小さい時のことだが）久しぶりに遊園地などに連れて行くと、帰りには「パパ、次はいつ来るの？」と言われたものであった。パパがいないこと、あまり遊んでくれないことに文句も疑問もなく、初めからパパは時々しかやって来ないものだと受けとめてしまっているのだ。

癌が再発した、私の余命が一年と告知された時、妻がそのことを長男に話したところ、彼はこう答えたという。「今までパパがあまり家にいなかったのは、こうしたこと（死んでしまっていなくなること）の練習のためだったのかもね」。彼は高校一年生、子どもは知らぬ間に成長する。

子どもは親を幸せにする。どの子もそうである。おそらく、その子が五歳になるくらいまでに、親に一生分の幸せを与えてくれるのだと思う。この子が生まれてきてよかった、この子と時間を共有できてよかった、この子に癒される、そういう思いを五年間のうちに何万回もするのだと思う。だから親はせめて子どもが独立するまでは恩返しだと思って苦労を厭わない。そのはずだったのである。しかしそれができず、中途半端にこの世を去り、子どもたちを遺していくことが心から口惜しい。その苦労の役を妻ひとりに負わせてしまうことが申し訳ない。慚愧に堪えない。

妻と子どもたちの未来に、できれば晴れた日が続きますように。

なつ休み

ぼくのなつ休みはおもしろいなつ休みです。このごろはわるい天気です。どこかにあそびにいけたりあそびにいきたいです。できればてん気のいい日にいってみたいです。できればパパといきたいです。

■本書の構成

没後に書かれた「支えた医師たちの追記」

再発後，板橋医師の「自らの振り返り」

板橋医師の「癌闘病記」

【二〇〇五年三月十二日】

たっぷり休みをとって養生するように言われるが、自分には時間がない。休んでいるうちに再発や播種は広がる。競争なのだ。休んで転移が治まるわけではない。

このことはこれからずっと（今に至ってもなお）周囲とのずれとして残る。周囲の人々は——その人が癌というものをよく理解し、かつ、私の状態をわかっていると思われる人であっても——、体を休めて養生せよ、と言う。休めばよくなるのか。休んで癌が治るならそうする。しかし癌は治らない。それどころか、休んでいる間にも癌は進行するのである。休んで回復する状態ではないのだ。それなのに周囲は休め休め、と言う……。休んでなんかいられない。限られた時間にやるべきことや、やりたいことがたくさんある。やらなければならない。休むことはもう何も生まないのである。

【N医師】ゆっくり養生してくれと言ったのは私であろう。近年の傾向としては彼の受けた手術であれば早い人は術後二週間では退院する。その後さらに三〜

100

I 再発

私は二〇〇五年三月一日に胃癌の手術を受けた。その頃のことは後から書くとして、それから一年半後の二〇〇六年九月の日記からこの話を始めることにする。自分にとっては癌の初診時より、この時——再発したことがわかった時のショックのほうが大きかったような気がしているからである。癌が見つかった時は闘いの始まりであった。優劣はついていない——劣勢であろうと勝負はしてみないとわからないと思っていた。しかし再発となると違う。これは癌との闘いで明らかに劣勢になっていることを表しているわけである。癌に押されている。敗れた、とは思っていないが（思わないようにしているが）状況は不利になっている。

【二〇〇六年九月十三日】

今日胃カメラを受けた。二週間ほど前から腹痛があり、便秘気味でもあった。痛みは癌の初発の時と似ており再発の予感はしていた。五月のカメラで見つかったところの潰瘍が大きくなっていた。五月の検査では癌はなかったが、今回はその可能性は高まったわけだ。検査結果はまだだが。

再発だったら再手術を受けるか。
子どもたちの前で闘う姿を見せたいと思うが、気持ちが萎えているのも事実だ。

【二〇〇六年九月十五日】
覚悟はできているつもりでも結果に怯える。

【二〇〇六年九月十九日】
生検結果は陰性であった。

しかし、この後すぐに背中の強い痛みで入院することとなる。外来で一度診てもらって点滴や痛み止めを受けて帰宅したが、夜中に再発し、明朝まで待てそうになく、主治医の先生に電話して入院させてもらった。

痛みの始まりは子どもたちとプールに行っている時に感じた。左の背中に何か湿布でも貼ってあるような違和感だったが、数日で体を折り曲げていないと眠れないほどの痛みとなっていった。湿布をしても効果はなく、受診・入院となったのである。

【二〇〇六年九月三〇日】

背中の激痛があって九月二十七日の夜に入院した。原因不明の水腎症で腎臓の痛みのようだ。今回、退院になったが、痛み止めがなければ入院前とまったく同じ状況で改善はない。

自分の周囲がまたひとつ狭められていく。痛み止めを離せず、運動のできない体。

〔N医師〕手術後、一年半を経過して外科医として全てを知る人間としては、板橋君の術後の精力的な活動を見れば（彼の手記からも分かるように実際にはさまざまな思いがあったにせよ）幸運にも再発を逃れることができた、と信じてしまいたい気持ちは常にあった。実際には、癌としての分化度も低く（つまり悪性度が高い）、リンパ節周囲浸潤があった以上、病期としては確かに進んでいるのであるから、冷静に考えればそのような期待をするのは元来厚かましかったのかもしれない。しかし、初回手術から経口抗癌剤治療を行っていたとはいえ、一年半はまったく再発の兆候は見られなかったのだから、二〇〇六年九月三〇日の突然の背部痛で発症した水腎症はどうしても再発兆候とは信じられなかったし、思いたくなかった。

しかし、後になって思えば尿管結石が発見できない以上は再発と考える以外はなかったのである。われわれ消化器外科医は、進行胃癌の再発形式として、腹膜転移により尿管狭窄がきて水腎症がみられることをしばしば経験するのは常識であったはずなのに、そのためにいろいろ勉強してきたのに、このときだけはそれ以外の珍しい病態に思いを巡らせてしまっていた。回診したときに、彼が「やはり再発なんですよね？」と聞いている目線で私を見つめていたことは忘れることができない。

〔T医師〕痛みは突然やってきた。手術から一年半経過した二〇〇六年の九月末、堪え難い左背部痛が板橋を襲った。坐剤による鎮痛作用も一時的であった。画像診断上、腫瘤陰影はなく、単に左の尿管狭窄がみられたことから、当初は尿管結石を疑った。しかし、諸検査で結石の陰影はなく、癌の後腹膜再発が疑われた。PET－CTをとったが、再発は明らかではなく（胃癌ではPET－CTの検出率は低い）、経口抗癌剤療法を再開したところ痛みは徐々に改善していった。結果的には、画像では明らかにできなかった癌の後腹膜再発が出現し、抗癌剤治療が有効であったということになる。再発の可能性が極めて高いことについて、板橋に告知したところ、子どもたちに生活費をいくらかでも多く遺したいから、あまりお金のかかる治療や検査は受けたくない、と答えた。自分の治療を犠牲にしても、少しでもお金を遺したいという子を思う板橋の心情は、察してあまりある。ここでは、経口抗癌剤の再開に留めたが、このときに、強力な抗癌剤治療をはじめていれば、板橋の余命をいくらかでも伸ばせたのではないか、と後日心底後悔することになる。

〔G医師〕この頃の彼の背部痛の原因は左の水腎症（腎臓から尿管までの尿の流れのどこかに狭いところがある）によるものであると思われた。経過から考えると原因として胃癌の腹膜転移を考えざるを得ない状況である。この時期に、私は外科主治医チームから、薬を変更しての抗癌剤治療を開始するべきか相談を受けていた。患者はすでに術後の再発予防としてのティーエスワンを六カ月間、その後フルツロンを約一〇カ月間、内服で継続していた。これらは抗癌剤の中ではフルオロウラシル系の飲み薬に分類される。ただし、二〇〇五年から二〇〇六年のこの時点では、術後の再発予防としての抗癌剤の投与については、科学的根拠（エビデンス）が確立していなかった。その後、二〇〇七年六月になり、アメリカ癌治療学会（ASCO）で、日本の胃癌外科グループの多施設共同研究の発表が行われた。その結果はステージⅡ、Ⅲの胃癌の術後では、ティーエスワンの一年間内服継続により一定の再発予防効果が見られるというものであった。このエビデンスが確立したのは、ちょうど彼が闘病の最終段階に入る、最後の夏の初めであった。

【二〇〇六年一〇月五日】

今回の原因不明の水腎症（水腎症を引き起こした原因不明の尿管の通過障害）は、おそらく癌の腹膜播種であろうと宣告された。

いよいよ来た。

覚悟はできているはずだったが、茫然としている。

そのための検査（ＰＥＴ）は三万円もかかる。死んでゆく費用としては高い。子どもたちに残してやりたい。家族に残していくべき金が死にゆく者に費やされる。

あとどのくらいだろう。


【二〇〇六年一〇月七日】

明日は末の子の誕生日。おそらく自分にとっては最後の誕生日となろうが、祖母の家へ行って戻ってこない。周囲は自分がいないかのように流れている。

【二〇〇六年一〇月八日】

癌性疼痛。この痛みはそれだ。鎮痛の坐薬を一日二〜三回使わないと治まらない。癌性疼痛は治る可能性はないので、麻薬を含めた鎮痛剤を無制限に使う。痛みを出す前に使う。それが医学の原則だ。

しかし、使いたくない。癌性のものだと認めたくないこともあるし、癌に対して降参したくない気持ちもある。それでも使わざるを得ない痛み。昨日は朝七時に使い、十二時間過ぎても使わず寝入ったが、一時には再び使ってしまった。

鎮痛剤、痛み止めは対症療法である。痛みを抑えるが、その痛みの原因となっている病気を治すものではない。骨折に湿布をしても骨は治らない。通常の病気（急性疾患）では対症療法は必要最小限とし、原因療法、つまり病気の（痛みの）もとを治す治療を優先して行う。

ところが癌性疼痛となると話は別である。相手は癌であって、それが強い痛みを伴うということは癌のコントロールができていないということを意味する。もっとはっきり物申せば、癌の治療に勝つ見込みが薄い、ということである。となると、この場合は痛みを取り除く、という対症療法が優先されてくる。患者の主な肉体的苦しみは（とりあえずは）痛みであろう、ということで、これを取り除くことが優先となる。だからモルヒネであろうと使用量に制限はない。痛くなくなるまで使う。痛みを我慢してもらっても癌は治らないのである。我慢しなくても済む量の痛み止めを使うことになる。

これが癌性疼痛に対する現在の医学の考え方である（以前は極量を決めて使用量を制限していた時代もあったが）。私も自分の患者にはそうしていた。

しかし、いざ自分がその立場に立つことになると、このような考えを持つに至る。この日記に書いてあるように、例えばモルヒネを使うことに抵抗があるのである。私は医者であるのでモルヒネに対する誤解はないつもりだし、モルヒネという薬を恐れているわけでもない。しかし、モルヒネを使ってしまえば、それは癌に対して負けを認めたことになり、癌との闘いの戦線が一歩後退することになる（と感じる）。それが恐ろしい。それを認めたくない。それを認めるくらいだったら痛みを我慢する。患者がそう考えることもあるのだ、ということを初めて知った。医者（患者でなかった者）としては、こういうふうに考えることもあるのだとは思ってもみなかった。

結局、モルヒネは使わず、普通の痛み止めだけを使った。

〔G医師〕繰り返すが、この時期の彼の背部の痛みは、狭い意味での癌性疼痛ではなかっただろう。尿管の尿流出路狭窄は、結果的には当初から疑われたとおり胃癌の再発・癌性腹膜炎によるものであったことは間違いないのだが。痛みの直接の原因は、むしろ、尿の流れが悪いことにより尿管の内圧が上昇することであり、いわば尿管結石に伴う痛みと似た性質であったようだ。

「モルヒネを使わず、普通の痛み止めを使った」と彼が書いているが、「普通の痛み止め」に当たるのは、例えば風邪を引いたときの頭痛に用いるような、解熱鎮痛剤など（文中ではロキソニンやボルタレン）を意味している。癌の痛みの場合も初期の軽い痛みは、これらの薬が十分効果があることが多い。痛みを抱えたままの生活はなんと言っても体と心の健康を圧迫する。だから、十分に痛みをとることはよい生活を送るためにも、病気と闘うためにも大事なことです、と私たちは患者に説明するのだが、実際には患者の中では、板橋が述べているような、複雑な心の葛藤が渦巻いていることを改めて知る。実際に、癌性疼痛の場合でもその治療の開始が遅れる原因の一つに、患者さん自身に癌性疼痛の存在を否定したいという心理が働くことがあげられるそうだ。最近のある調査によると、癌性疼痛を自覚する初期段階で三割近い患者さんが、癌に対する不安や恐怖から痛みを受け入れられずに、「これが癌による痛みだとは思いたくない、それを認めると病気に負けてしまう気がする。」というふうに考えるとも言われている。

【二〇〇六年一〇月九日】

遊園地で子どもたちと遊ぶ。これが最後かなと思うと楽しめないが……。自分が癌でなくとも子どもは育ち、親と遊ぶことなどなくなっていく。理屈ではわかるが。妻は子どもたちの将来のことを案じてくれているので、一安心ではある。彼女の人生も不幸なものにしてしまった。

泣く場所が欲しい。うつ気味になってきているのがわかる。


【二〇〇六年一〇月十一日】

PETの結果は陰性であった。癌性腹膜炎の可能性は低いのか。ではこの痛みの原因は何なのだ。

疲れた。

結果がよいものであっても救いは小さい。転移や再発に怯えることで神経がすり減ってゆく。闘う気力が萎えてゆく。結果に打ちのめされるのではなく、怯えることに参ってゆくのだ。

このことも患者になって初めてわかったことである。

自分は医者であるし、癌のことはそれなりに（多分、十分に）知っているし、何よりも普通の人々（医者でない人々）に比べれば多くの癌患者と接してきた。三人に一人が癌で死ぬ時代、その三十三・三％に自分が入る可能性は十分にわかっていた（こんな歳でなるとはあまり思ってはいなかったが）。癌になったら闘おうと思っていた。病気と闘うことが医者の本領なのである。自分は多くの患者をして病気と闘わせてきたではないか。だめとわかっていても病気と闘う姿は、せめて子どもたちには見せておきたい。そう思っていた。

だから癌とわかっても、おそらくさほど乱れることもなく、自分を保ち、闘う気持ちを強く持っていたのだと思う。ところがここに至って弱気になってしまう。それは再発した、していない、という結果や現状とは関係なく（もちろん再発の検査がイエスであればそれがもたらす心理的影響は無視できないであろうが）、そういった影に怯えることに疲れてしまうのである。

癌はこういう戦術で迫ってくる。その姿を現すことなく、その可能性だけで迫ってくる。その影に怯えている患者を見て、癌は嗤っている。

〔G医師〕ＰＥＴ検診がもてはやされ、ＰＥＴは体のあらゆる癌を見つけることができる、万能の検査のように誤解されていることがあるが、実は、胃癌はＰＥＴでは陰性になることの多い癌の一つだ。ＰＥＴが陰性でも、症状の経過から、実際には癌の腹膜再発の疑いはやはり強く残った。しかし、画像に腫瘍（しこり）が明らかに写っているわけではなく、癌細胞も証明できない以上（尿の細胞検査も陰性だった）、術後補助化学療法（再発予防の抗癌剤内服）が無効であると判断して、新しい抗癌剤治療に変更する選択も根拠が乏しかった。

【二〇〇六年一〇月十八日】

くり返しだが死はこわくない。死に至るまでの肉体的な苦痛も何とかなろう。死に至るとわかった時の生活の変化がいとわしい。

【二〇〇六年一〇月二〇日】

今日は腎臓の精密検査。血液検査では骨への転移のマーカーが高い。これについても精密検査が組まれるであろう。検査で疲れる。医者であり現実を知っているだけに気力では跳ね返すことのできるものでないのがわかってしまっている。

しかし、それでも、サッカーだったら格上の相手であってもフィールドには顔を上げて入っていった。最終ラウンドに入ったのだ。術後一年半、トーナメントでここまで進んできたのだ。相手が強いのは当然のこと。やれることとは、闘う生き方もあるのだということを子どもたちに見せることであろう。

【二〇〇六年一〇月三〇日】

癌の夢を見た。癌患者へ病気の説明をしている場面だった。夢の中で、別の自分が他人事だとやけに前向きに話をするじゃないか、と思っている夢だった。児玉隆也の『ガン病棟の九十九日』を読んでいるせいかもしれない、癌の本は潜在意識を呼びさますのか。

このところ痛みがない。薬を使わずとも。

精神は肉体に支配されていることを、それこそ痛感する。落ち着いていられるのである。

【二〇〇六年十一月五日】

結婚式へのお呼ばれが続く。自分の子のこういった式に参加することはないのだろうと思うと悲しくなる。

【二〇〇六年十一月六日】

午後から背部痛、例の右背痛と同じように鈍痛で始まり、冷汗が出るほどに悪化していった。場所は先日と異なり、右の肩甲骨の少しくらい下。しかし痛みの性質は似ている。とても四時からの会議に耐えられそうにないため、腎臓を悪くするのはわかっていても、ボルタレンの坐薬を使った。

再び襲われたのだ。癌性疼痛。今度は骨転移か。癌性胸膜炎か、肺転移による気胸か。検査を受ける気力がない。闘争心がすっかり萎えてしまっている。自殺をする気持ちもわかる。

痛みはボルタレンが無効、会議のあとすぐに帰宅する。ロキソニンを飲んで、吐く。湿布をする。発症が三時頃、七時半頃に痛みは消失した。

こういうことのくり返しが心をむしばんでゆく。くじけてゆく。どうでもよくなる。負けを認めたくなってしまう。一回一回の痛みはコントロールできたとしても、それがくり返されるということに耐えられなくなってしまう。

まさか自分が自殺のことまで思いを巡らすことになろうとは思ってもいなかった。もちろん、この時でも自殺をしようと思ったわけではないが。

今まで医者として自殺未遂の患者も診てきた（私は精神科医ではない）。自殺未遂者が意識不明や死にそうになって救急搬入され、その救命を行ってきた。そういった患者に救命措置をしながらいつも思ったものである。これは自分たち医療従事者への敵意ある挑戦ではないか。自分たち医療従事者はどんな患者であれ、その人の生命を救う・長らえさせることを大前提・目標として働いているのに、この人（目の前に担ぎ込まれてきた自殺未遂者）は何とその生命を自ら絶とうとしたのだ。生命に対する冒瀆、医療に対する悪意。こういう考えをもっていると精神科の先生に糾弾されてしまうのだが、現場で自殺未遂者の一次医療を受け持ち、漠大な医療費と計り知れないスタッフの力と時間をかけた患者が、この後も自殺企図を捨てずにくり返し、あるいは未遂で済まなくて（完遂して）死体となって救急室に運ばれてくるのを経験していると、どうしてもやり切れない憤りを感じる。

だから自殺は許せない。自分がそんなことを考えるとは本当に思ってもいなかったのである。

【二〇〇六年十一月十一日】

結局はあの背部痛は感冒の始まりだったようで、翌日から高熱が出て一日半はすっかり臥床した。

感冒だった、というのは今にして言えることで、発熱の最中は抗癌剤による好中球減少による感染も考え動揺していた。癌患者は癌以外のこと――ただのかぜ――でもこんなに動揺する。心ができあがっていない、と言えばそれまでだが。

本当に医者とは思えない狼狽ぶりなのである。癌は癌以外のことをも武器として攻めてくる。

十一月十一日の日記は続く。

もう時間がない。残された時間が少ない。
そう思っているのに「そんなことはないよ」と言うのは、癌を受容すること（したこと）を否定しようとしているだけで、まったく意味のないなぐさめになる。

だから何となくなぐさめられても不快（とまではいかない、もちろんなぐさめてくれることはありがたいが）に近い気持ちになってしまうこともある。こっちはもう癌を受け容れてそれと闘っており、その戦況も把握して今後のことを考えているから、残された時間を推測しているのだ。時間がたくさんあるような、非現実的で無責任な言い方はしないでおくれ。闘っている本人が時間がない、と言っているのだから。

十一月十一日、続き。

八歳児が、抗体について(どこで聞きかじったか)質問してくる。抗体をやっつけるバイキンはいないのか、抗体がバイキンをやっつけるんだったら病気になった人にはみんな抗体を注射すればいいんじゃないか、……。父親の病気のことを考えてくれているのだろうか。この児の成長を見たいと思う。強く思う。

この頃、妻とこの児の取り合いになっているのかもしれない。

〔N医師〕このころ彼は画像診断上明らかな腫瘍の存在は指摘できないが、状況証拠から再発の可能性を告げられ、主治医と相談の結果、経口抗癌剤を再開している。診療状況を見ていても、医局での生活を見ていてもそれまでとほとんど変わらない感じではあったが、もちろん彼の心の中を考えれば、当然このように思っていたに違いない。したがって、どうしても「がんばろう」と言う言葉や挨拶代わりに「体調はどう?」などというように軽い言葉を私自身はかけることができなかった。ただ、毎日わざとらしくないように見つめるだけ、観察するだけになるしかなかった。詳しい体調の話は少なくとも医局ではできない。外来受診で主治医が体調に関して質問する以外は詳細に尋ねるのは難しい。実際、彼はこのころも体調が悪いとは一言も言わなかったし、素振りも見せなかった。

しかし、後で思えば、すでにこのころから吻合部の狭窄症状は徐々に進行していたと思われる。このころから彼は昼食のほとんどはカップ麺を食べていた。当時、胃切除後なので一回あたりの食事摂取量が減るからカップ麺くらいが一回量としては丁度いいのかもしれない、その他どこかで間食しているのかな、あるいは臨床が忙しくて食堂で食事をする時間もないんだな、忙しくて申し訳ないな、くらいにしか思っていなかった。しかし、年末にかけて少しずつ体重が減ってきていることは医局員すべてが気づいていた。通常、胃切除後一年以上経っていれば、何もなければ改めて体重が減少すると言うことはほとんどない。

〔G医師〕結局はこのときには再発を強く疑いながらもティーエスワンによる治療が再開されることになる。その後の二カ月間、水腎症の進行がなく、痛みも治まっていたし、後で明らかになる本格的な再発の後も不思議と水腎症は進行しなかった。同じ癌の転移でも抗癌剤の効果が場所によって異なることは臨床的にはしばしば経験することだ。後付で考えてみればこのとき水腎症を引き起こした部位の転移にはティーエスワンは効果を示したのかもしれない。

この後、日記の記載はしばらくなくなる。日記とはいえ、毎日書いていたわけではない。しばらく書くことがない状態が続いたのである。術後にいわば予防的に続けていた抗癌剤の種類を変えたところ痛みは治まっていった。

しかしその二カ月後には次のイベントが起こる。癌も次から次へと手を打ってくるのである。それについてはまた後で記すとして、ここでそもそもの始まりに立ち返ってみる。癌日記の始まり、癌との闘いの始まりである。

II 発症

【二〇〇五年二月一〇日】

癌が見つかった。

一〇日ぐらい前から心窩部痛があり、続いているし、結構な痛みだし、胃カメラを受けることにしたのが昨日である。つい先日の職員検診ではコレステロールが少し高いだけで、貧血もなし。昨夜は痛みもなく、胃カメラはキャンセルしてもいいかと思っていたが、今朝は痛みがありやはり受けることにした。

胃カメラを受けるのは三～四回目だと思うが、のどごしはどうにも苦しく、先生に「次は胃に入ります」と言われた時は、まだ食道だったのかと益々辛くなったが、これで何ともなかったら苦しみ損かと思っていたところで「潰瘍がありますね」とのこと、生検もしてもらって（生検時に痛みを感じることを初めて知った）終了した。

その場で画像を見せてもらう。先生は見た目は癌ではなかろう、と言うが、典型的な潰瘍像ではない（自分だって研修医時代には一〇〇例以上の胃カメラをやっている）し、これは半々の確率で癌かもしれない、と思った。しかし抗潰瘍薬を処方されて、九時からの外来業務に入った。

遅ればせながら自己紹介をする。

私は地方の病院に勤める内科系の勤務医である。この時四十四歳、あと四日で四十五歳になるところであった。日記のとおり、腹痛があって胃カメラを受けることにした。私の専門は消化器ではないので、同僚の消化器科の先生にお願いして検査を組んでもらった（もちろん、専門だからとて自分で自分の胃カメラをするのはとても難しかろう）。自分の勤めている病院で、勤務をしながらの受診であった。その日の日記を続ける。

外来が終わって昼休みにコンピューターの画面でもう一度胃カメラの写真を見てみる。粘膜が粗いし、ヒダの集中像もない。これは悪性かな、と思う。父親は胃癌だった。しかし父の場合は五〇代後半の発症であり、四〇代前半（とは言え、四十五歳まであと四日だが）の自分とは隔たりがある。生検の結果が出るまでは想像しても仕方ない。でも潰瘍だとしたらある程度節酒か禁酒をしなければならない。今晩も会食があるというのに。

夕方、担当の先生がやってきて「病理の結果が出ました」と言う。今にしてみれば、彼はかなり怪しいとにらんで、迅速診断に回してくれたのであろう。応接室に連れていかれる。これは癌だなとわかった。

「低分化型の腺癌でした」

「そうでしたか」

自分でも意外なほど淡々と受け止めていた。ショックもなく、焦りもない。病を得た、診断がついた、というだけのことのように感じた。他人事ではないにせよ、そうだったか、程度の感想だった。

夜は一度車を家に置いてから会合へ出かけた。会議のあとは酒席となった。潰瘍なら酒は止めなければならないが、癌では止めても仕方あるまい。それでもさすがに杯は進まなかった。蟹と寿司は、胃を切ったらこういうものは食べられなくなるなと思いながら、おいしくはなかった。お土産に酒を持たされたが、これも術後は飲めないであろう。

妻にはどう告げよう。

彼女は体調がよくない。それに自ら癌になった時は告知しないでほしい、とも言われている。

とはいえ、子どもたちもいて収入は自分からしかなく、休むとなれば彼女に手伝ってもらわざるを得ない。明日から三連休である。明日は東京で研究会があって泊まる。中日の明後日の夜にでも伝えよう。そうすれば日曜日というクッションがある。

手術できるものかどうかもまだわからない。低分化型ということは悪性度が高いということだ。進行癌かもしれない。転移があったりスキルスだったりすれば手術不能ということになる。

月曜日のCTが分かれめか。

自分としては手術をここの病院で受けたいが、妻の利便を考えると近くの病院か。これも話し合わなければならない。告知は避けて通れない。


自分が医者であり、しかも自分の勤務する病院で割と気軽に検査を受けた（その日、胃カメラを受けることを妻に言ったかどうかも憶えていない）こともあって、病気の告知については通常の形態の逆となってしまった。つまり患者本人がまず病名（癌）を知り、それを家族に伝えるのに思い悩む、ということになった。

この日の夜から癌日記を書き始めた。癌になる、という経験はそんなにないであろうし、自分の心境を記録に残しておきたい、最悪の場合にはそういった心境を子どもたちに伝える手段を講じておきたい、という気持ちであった。

日記と重複するが、癌になって絶望するとか混乱するといった反応はなかった。今まで医者として多くの人々に癌を告知してきて、次の番が自分だった、という程度のものだった。家系のことがあるので、自分が死ぬ時は癌かもしれない、と漠然と感じていたとは思う。が、現実として考えたことはなかったし、もっと先のこと（歳をとってからのこと）だと思っていた。


〔T医師〕板橋が、胃内視鏡検査を受けて、病変を指摘された。私も、消化器内科医から内視鏡写真を見せてもらったが、三×二cmほどの不整形の陥凹性病変が胃角部付近にみられた。肉眼的に良性とは言いがたく、形態学的には悪性、すなわち胃癌が強く疑われた。病理組織診の結果がでるまで、不安な日々を過ごした。

数日後、病理組織診の結果が報告された。恐れていたとおり、胃病変は、胃小彎上部の不整形の潰瘍を有する胃癌で、組織型は低分化型腺癌であった。壁深達度は少なくとも粘膜下層は越えていると考えられ、進行癌の可能性もあり、外科手術の絶対適応であった（消化管の壁構造は、内腔側から順に、粘膜、粘膜下層、固有筋層、漿膜にわけられる。癌は粘膜から発生し、大きくなるに従って、水平方向と垂直方向に進行する。早期胃癌は粘膜下層までのものを指し、それより深部に進行したものは進行胃癌と呼ばれる。早期胃癌のなかには、内視鏡的切除で治療可能なものもある）。

悪い予感はあたったが、さて、板橋は、どこで手術を受けることにするのだろう。病院の現職の医師が、自分の勤務している病院で手術を受けることは、病院と外科に対する信頼の表現でもあるが、外科にとって手術と術後の診療に対する責任は重大だ。板橋は、どう判断するだろうか？　出身大学の大学病院か、S市の大病院での手術を選択するだろうか？　我々は、どこで手術しても、全く本人の自由であり、手術後は我々が厳重にフォローアップする旨を、板橋に伝えた。

〔G医師〕私が、板橋の癌発症を知ったのは、彼が胃カメラを受けた当日の午後、同僚の消化器内科医師からその画像について相談されたときであった。本人も書いているとおり、組織検査が出る前に、やはり、胃癌であろうと判断された。明らかに早期ではない。転移がないことは幸いであったが、Ⅱ期またはⅢ期、病理の結果は、低分化腺癌であったから、手術後も再発の心配はある。定型的手術のあと、飲み薬の抗癌剤による再発予防と、再発チェックが欠かせない。これらのことを彼も一瞬で理解したに違いない。こうしてみると、医師という職業人は、自分の健康をも客体として客観化せざるを得ない業を負っているとも言える。

手術が可能な程度の癌は（仮にある程度まで進行していても）、日常生活を送るうえではほとんど何の支障も感じていない体調の中で、さまざまな機会に診断され、本人に知らされる。私たち医療者は、その情報をできるだけ客観的にかつ、患者さんの心理的影響にも配慮しながら伝えているつもりである。でも、癌の発症を知った後の患者さんの内部に起きる本当の変化は想像するしかない。私たちの生命は生まれてから、死に向かって進んでいくことを一瞬たりとも止めることはない。しかし、老いや死は、いつか来るかもしれない遠景であって、日の前の生活を脅かしはしない。私たちは今日も明日も同じように続いていく当たり前の前提の中でこそ普通に活動をしているのだ。

癌の告知はこのごく普通の生活観を一変させる出来事である。この時期の彼の手記を読み返すたびに、あらためて患者の生活観の転換の重さを実感する。四十五歳という彼の年齢、職業人としての全盛期を過ごしていた彼のキャリアの中での転換、さまざまな思いの中でもとりわけ彼の家族への愛情や責任感の強さを痛切に感じる。

【二〇〇五年二月十一日】

目覚めは普通だった。夢も見なかったと思う。

術中死もありうる。進行癌であと半年しか余命がない、ということもありうる。ひとりひとりに遺書を書いておくこと。

生命保険の手続きもしなければならない。保険証書を探し出したら癌の診断時に受け取れる金がある。これが本当にOKなら収入の面ではあと二カ月は大丈夫か。

四〇代で癌になることの感想はない。

生還するつもりである。末の子はまだ七歳。死んではおれぬと思う。

つい先日、奥様の癌がわかり治療が始まったN先生は五〇歳になったらすることは家族を守ることだ、というメールをくれた。その時はそんなものかなと思っていたのに、それから一カ月もしないうちに自分が癌になってしまっている。

昼すぎの列車で東京へ向かう。

癌があっても普通どおりに過ごしたい。勉強はしたいし酒も飲みたい（酒はそうでもなくなっているが）。何事もなかったように処することが癌への抵抗か。

子どもたちと会う時間が限定されてしまったかもしれないと思うとそれは辛い。しかし、中学生の長男には話せても下のふたりには癌とは言えないかもしれない。長男はあれでいて敏感で甘えの強い子だから受け止められるか。しかし、これから妻を助けていけるのは彼だけかもしれないし、彼には告げるべきであろう。

昨夜は眠りが浅かったのか、駅へ向かうバスの中や新幹線の車中で居眠りをしてしまう。

研究会で第一線の仕事の発表を聞いていると、ふと、自分はこの世界から降りてしまうのか、と思う。もう体力を使う仕事はできないかもしれない。四十四歳で、それは終わりとなったのかもしれない。

復活の意思はあるが。

三月に予定していた講演会をどうしよう。三本喋る予定となっている。手術はその後まで延ばせるだろうか。金の心配もある。講演会の収入は貴重だ。

今回の東京泊は、癌がわかる前に決めていたことだ。明日の午前は美術館で絵でも観ようと思っていた。

死ぬことは恐くないし、惜しくもない。大した仕事も残せなかったことすらとくに感じることはない。意外と静かなのである。

公表・公開しようかと思う。隠していても憶測を生むばかりであろう。

妻は受け容れてくれるだろう。子どもたちはどうだろう。

東京に来ていても病院から電話が来る。大したことでなくとも主治医として対応しなければならない。患わしい。自ら病人になってはいかんと思う一方で、大事の前の小事に神経を使いたくないとも思う。

子どもたちともうプールに行けないことをすまなく思う。

あとはいくらかでも金を作り遺すこと。機会が限られてくる。

癌であっても今までどおりに生活したい、と考える一方で、ホテルの部屋でひとり行く末を考えている時に病院から電話が入り、担当患者についての指示を求められると、俺は癌なんだ、それどころじゃないんだぞ、と言いたくなってしまう。二日目になって動揺してきている。初日は動揺しなかったのではなく、事態がわかっていなかっただけなのかもしれない。

〔N医師〕彼はT大学老年科の第一期生として大学時代から活躍していたが、市中病院へ職場を移してからも呼吸器疾患や感染症を扱う臨床医として、また教育者として卓越したセンスと力量を兼ね備えていた。当院では呼吸器内科部長と感染制御室長を担当したが、当院のこの方面のレベルを一気に向上させてくれたことをほんとうに感謝している。このような人材であったから、彼はT地区のみならずK方面までも特別講演で招かれる頻度が非常に多かった。開院してまもない当院はろくに名前も知られていなかったが、「板橋先生の行かれた病院ですね」と言われるようになり、まさに彼のお陰である程度知られるようになってきた。

その後の彼の講演、教育活動は院内外を含めて再発がはっきりするまでむしろ以前よりも精力的であったと思う。

【二〇〇五年二月十二日】

諦念しているのはいいが、気力を萎えさせてはいかんと思う。闘う気持ち。自分の病に対しても、子どもたちに見せる上でも大切なことである。

転移していたら転移していたで人生が少し短くなるだけのことだと思うが。

断片的な眠りで何度も目覚めた。暗い夢は見なかったが。

昼に地元に戻る。

家族と過ごす時間がなかなか辛い。告知してしまえば少しは軽減するか。しかし子どもたちには話せないであろう。

子どもたちに優しくなっている。何をしても叱れない。いいことなのか。

妻への告知は問題なく終わった。驚いただけのようだった。これからいろいろと考えるのであろうが。

三月十一日の講演が終わってから手術を受けたいがそれまで耐えられるか。

家族への接し方が難しい。とくに子どもたち。今まで並みの親よりは接する機会が少なくて淋しい思いをさせてしまっていたかもしれないという自責の念があって、ついつい甘やかしたくなるし、自分としても彼らとの記憶、あるいは彼らにとっての自分の記憶を甘く優しいものとしておきたい、という気持ちが先立つ。しかし一方で、もう自分には時間がない、と思うと、叱るべきところはしっかり叱っておかないと（これから何回も叱る機会はない、やってはいけないことを憶えてもらう機会はそんなにない）この子たちが苦労するという焦りも出てきて、逆に不必要に強い語調で叱ってしまう。甘くなってもきつくなっても、彼らと接した後で後悔する。この葛藤はこの後もずっと続く。

【二〇〇五年二月十三日】

告知をして昨日の緊張感は解けた。
長い夢を見た。沖縄観光の夢。脈絡なし。眠りは浅い。
妻の意見も容れて、子どもたちには真実を明かすことにする。具体化したら。
胃以外はいまのところ何ともないのに、あと一～二年の寿命ということであればどうに

も勿体ない話だと思う。

生存期間があと半年とか、一年とか区切られたら、それはそれでやることがあって埋めていけると思う。他界の準備もできるだろう。

四十五歳ということは無病息災の人生だとしてももう半分以上は生きていることになる。未完であれ、方向はもう定まっているわけだ（残りの人生で方向を転換するのは難しかろう）。

妻は三十七歳だ。もしかするとあと五〇年生きる。機会があれば再婚して別な人生を歩んで欲しいと思う。

こうして癌がわかった週末は過ぎていった。この頃から二年が経っている今となっては、当時の心境を正確に思い起こすことはできない。この日記のとおりだったのだろう。

この翌日（翌週）から今度は具体的な治療方針が立てられてゆくことになる。

【二〇〇五年二月十四日】

転移をチェックするためのCTを受ける。造影剤で体が熱くなる、という聞いていた話を実感する。嘔気も伴った。

そのまま外来診療へ。喘息発作が多く、外国人の患者も来て多忙。

転移はなかった。

手術予定が急速に決定される。

自分の希望で手術はここの病院で受けることにした。家族にとっては少し遠いが、ここでなら術前術後の落ち着いている期間は少しでも仕事ができるし、勝手知ったる所なのである程度我がままも通してもらえるのではないかという期待もある。もちろんスタッフの技術的なことでは大学病院に勝るとも劣らない。

それでも手術には大学病院のM教授に来て頂くことになり、術前検査は外来で行い、二月二十八日入院、三月一日手術と決まった。

保険会社へ連絡。

二月二十八日までやるべきことは多いが、帰る頃には日々の業務で疲れていて何も手につかない。週末を当てるしかない。

来週からは一般業務からも撤退しよう。

家で誕生日を祝ってくれる。今日で四十五歳になった。

〔N医師〕手術の手技そのものは難しくない胃亜全摘術であるから、当院で手術を行うのはまったく問題なかった。彼が当院の外科のレベルを信用してくれることはうれしかった。ただ、一般的にはS市の自宅から車で四〇分以上距離のある当院で手術を受けるのは、ご家族のことを考えるとかなり不便ではないかと言う気持ちはあった。彼の自宅から最も近い大きな病院といえばわれわれの出身大学であるT大学病院と言うことになるので、そこで手術を受ける選択も十分あったと思うが、彼は迷わず当院での手術を選んだ。

思いはいろいろあるだろうけど、やはり特に一番下の息子さんのことを最も考えたのではないかと思う。離れた病院で手術を受ければ、ちょっと待っていれば少しやつれるかもしれないがパパが何もなかったように戻って来る、という感じにしたかったんだろうと思う。もちろん、大学病院で手術をすれば、旧知の先輩、後輩などがいろいろ訪ねてくるだろうから、お互いに気を遣うことになる。それと、彼も言っているように隠し続けることはできないにしても、むやみに自分の病気のことが知れ渡るのもいい気持ちはしないに違いなかった。

実際、最も信頼するサッカー部の先輩である当院T外科部長の執刀、やはりサッカー部の顧問で大変お世話になったT大学消化器外科のM教授の助手で手術は順調に行われた。私自身も、吻合の所から手術に入り、絶対に、永遠に吻合部狭窄が来ないように祈りを込めて手術を行った。しかし、後にこの祈りは無念にも癌再発による吻合部狭窄で断たれることになる。

〔T医師〕結局、板橋は、出身の大学病院ではなく、当院での手術を選択した。大学病院で手術を受けると、どうしても多数の関係者に自分の病名が漏れ、事態が大きくなることを恐れたのかもしれない。あるいは、できたばかりの病院で勤務医の自分が手術を受けることにより、職員や住民に対して、病院や外科の信頼性をアピールできることも考慮したのかもしれない。手術自体は、幽門側胃切除で失敗は少ない手術だが、胃癌の進行度が心配だ。うちの病院で手術をすることになれば、彼との長い付き合いからみて、私が主治医となり、執刀することになるだろう。T大学医学部サッカー部部長で、小生も板橋も学生のころから公私共々大変お世話になっているT大学消化器外科のM教授に、手術のアシスタントとして来てもらうことにした。この当時は、板橋の癌が、それほど進行したものだとは誰も予想しておらず、再発後に担当医として、板橋とともに苦渋することを想像できなかった。

手術の日程が決まり、予想通り私が板橋の主治医となった。手術前の説明は奥さまを加えて行ったが、板橋は、いたって冷静であった。既に消化器内科で胃癌の告知を受けていたためであろうか、現実をしっかりと受け止め、胃癌が進行癌の可能性もあることも受け入れた。医療従事者が、自分が癌の手術を受けることを聞いて、取り乱したりすることは少ないだろうが、自分だったら、動揺を隠せなかったのではなかったか。奥さまには、進行癌であれば、癌の進行度によって再発の恐れが高くなることをお話したのだが、果たして、どこまで理解してくれたのだろうか？　再発すれば、板橋は三人の男子と奥さまを残して、逝くことになるのだが。

【二〇〇五年二月十五日】

病理のO先生をつかまえて解説して頂く。印環細胞癌である、とのことだ。となると予後は悪い。腹膜播種も多い。

命数が尽きたか。

進展度からすると、できてから（癌が発生してから）だいぶ経過しているのではないか、とも言われた。自覚症状が出る前から癌を抱えていたわけだ。

こうしたことは揺れるものである。昨日は手術がとんとんと決まって救われた思いがしていたが、今日はbad news。こんなことの連続であろう。

印環細胞癌となると癌性腹膜炎で死んでゆくことになる確率は高い（かもしれない）。やはり子どもたちのことが気にかかる。長男は中学生にして、末の子に至っては小学生の半分で父親を失うことになる。欠けるものが大きくなければよいが、多感な頃でもある。

子どもたちともっと遊んでいればよかった、というのは今にして言えることで、帰る時刻が遅い、東京に出かけることが多い、といった生活をしていなければ今の自分はなかっただろうし、もしかすると収入だって違っていたかもしれない。

最期に父親として見せてやれる背中は闘病の姿勢か。

親友のOと電話で話す。今後、彼には父役をしてもらわなければならないかもしれぬ。

印環細胞癌であることを外科の主治医の先生と話す。切除は広範囲になるであろう。リンパ節転移の有無で予後は決まるということであった。

ステージⅢAならよいがⅢBとなると予後は悪い。ⅢBであれば、復職は諦めて家族のために残り時間を使おう。

何であろうと癌は癌である。細胞種が何であれ死に至る（かもしれない）病なのだ。

この組織診断（印環細胞癌とわかったこと）はかなりの動揺を与えた。想定していたシナリオの中では最悪のものに近かったからであろう。医者だから、知識があったから動揺した、という面は、もちろん強い。印環細胞癌、と言われても、それに対するイメージを持っていなければ、ほとんど何もインパクトを与えない情報だったのかもしれない。

今になって思えば、自分はこの時に転移か死を覚悟したのかもしれない。胃癌は手術で治ることの多い癌種である、という認識でいたのが、印環細胞癌であったという癌側の逆転打が出たのである。

二月十五日の日記、続き。

妻は泣き顔を見せていない。気丈に振る舞っている。

泣いたら楽になるだろうに、不憫である。泣くと崩れてしまう、子どもたちがいるのに崩れていられない、と思っているのだろうか。いいママだ。それを支える役を長男にやらせるのは中学一年生には荷が重かろう。成長するとは思うが。

仕事の整理をする上で割と多くの人々に告知をしている。心から同情してくれる。けれど、彼らの意図とまったく反対に段々と疎外感を感じるようになってきている。違う。彼らと僕とは違う。こんなに違う。

今はそういう時期なのかもしれない。癌を知って六日目である。

癌と知り、それに対して抗するために生活を変えてゆく——手術を受ける準備をしたり仕事をキャンセルしたり——中で、どうしても癌であることを他人に告げなければならない場面が出てくる。自分と家族が受け止めた後は、周辺との調整という厄介な、実に厄介な問題が待っている。この調整のために使う気力がばかにならないほど精神を疲れさせ生活を狂わせる。

どの範囲の人たちにどの程度のことを話しておくか。それの調整が半ば面倒なので自分としては癌を概ねオープンにしようと思っていたが、妻はそれに反対した。妻の友人のご主人が癌になった時の周辺の反応を見ていると、癌というだけで死んだわけでもないのに周囲の人々が引いていってしまった、と言う。

癌は忌み嫌われる。そう言ったのはスーザン・ソンタグであったか。心筋梗塞や脳卒中も同じくらいの重病なのに、癌となるとそう告げられた周囲の人々は表情が凍りつき、身を引く。

そして告げた癌患者本人もまた、周囲からの同情や支援の申し出を素直に受け取れない時期がある（再発してそれと闘病中の今の時点では自分はこの日記の頃よりは素直に周囲からの同情と支援を受け容れていると思うが）。あなたは癌ではないじゃないか。どんなにわかったような顔をしても、君は癌じゃないのだ。そして自分は癌だ。この頃はそんなひねくれた気持ちが出てきていたのだろうと思う。

ところで、英語では「私は癌だ」"I am a cancer" という表現はしないそうだ。論理的には当たり前で、自分の生体がイコール癌ではない。自分の体の一部が癌なので、"I have a cancer" とか "I am suffered from a cancer" という言い方になるのであろう。私は癌を持っています。私の体の中に癌がいます。「私は癌だ」よりはよいか。「私は癌だ」となると全面的に敗北を認めたような感じになる。

二月十五日、続く。

誰も自分に雷が落ちるとは思っていない。
自分は泣かない。まだ泣いていない。泣いたら楽だとも思えない。強がりではなく、泣く場面がないような気がしている。
自業自得とも思っていない。病気は誰が悪いわけでもない。

このとおり、自分の運命をのろったり悲しんだりすることはあまりなかったし、今もない。もし癌じゃなかったら、という考え方は発症してから今日までほとんどしていないと思う。それだけ癌というのは生々しい現実の敵で、そんな夢想をしている余裕もないほど眼前に迫っている危機で、日々こいつと闘わなければならないことが、そういう「もし」をどこかに追いやってしまっているのであろう。

しかし泣かなかったのはこの日まで、翌日には涙を流す。


【二〇〇五年二月十六日】

子どもあての遺書を書き始めたら、ひとり分を書き終えぬうちに涙が溢れて続けられなかった。

午後から再び遺書を書く。中断のくり返し。その一方で七月の学会の抄録の登録作業も行う。生と死が交錯している不安定な未来だ。

疎外感は益々強まる。医局の中を歩くのも辛い。

大雪のため車で帰れなくなり、病院に泊る。遺書を少しずつ書く。


【二〇〇五年二月十七日】

昨夜宿舎でビールを飲んでいるうちに、アルコールの作用か遺書を書き終わった安堵感からか、闘争心が湧いてきた。切除範囲がどうであろうと予後がどうであろうと闘うことには変わりなく、闘う姿を子どもたちに見せなければならない。
今の状態に慣れたか、落ち着いている。

アルコールは確かに気分を高揚させたこともあった。今ではもうあまり飲めないので、正確に言えば飲める（口からは入る）がすぐ吐いてしまってアルコールが血液中に吸収されず、したがって酔えず気分が高揚することもないので、アルコールが役立つことはなくなってしまった。それでも困るということはない。

いわゆるヤケ酒も飲まなかった（と思う）。夜、眠れずにアルコールを口にしたことは何回かあったが（さりとて酒で眠れるわけでもなかったが）。

しかしアルコールで気分が高揚するということは、アルコールなしでは気分が沈んでいるということの裏返しであり、何でもないと強がりながら、自分も結構参っていたのだなあと思う。今でも参っている。酒を飲みたいと思う。少し寝酒を飲んでほんわかと眠りたいという気持ちはある。とくにベッドで眠る間際に小説を読んでいて、アルコールを飲む場面が出てくるとそう思う。この頃、ハードボイルドを読むことが多いので、そういうシーンが続く。

【二〇〇五年二月十八日】

仕事でお世話になっているK先生、W先生、個人的にお付き合い頂いているI先生、T先生の四先生方へお知らせの手紙を書く。リークしたあいまいな話が伝わってもお困りになるであろう。復職の意思表明もし、driving force とせん。

やることがなくなってしまった。

担当患者は引き継ぎをしたし、書くものは書いたし、あとは待つだけ。

来週から術前検査。

【二〇〇五年二月十九日】

胃を意識している。痛みがある時はもちろんだが、ない時も胃を意識している。癌でも腹はすくし。

術後に病期が決まれば概ねの余命もわかる。人生の設計ができよう。いつまで生きるかわからないよりもよいかもしれん。もはや普通の人生の半分以上は生きたのだから。

二月十八日の「やることがなくなった」状態というのは、二月十九日に書いてあるように、癌の病期（進行度）が手術ではっきりするまではあとどれくらい生きられるものであるかがわからない、したがって残りの人生の割振りが決められない、ということである。余命が三カ月なら三カ月の、一年ならそれなりのプランが立てられるが、それがわからないとどうしようもない。

癌のいいところは、交通事故や突然死と違って、寿命が尽きるまでの時間の余裕が（足りないにせよ）あることである。死の準備ができる。「死んでゆく」という、人生最後の大仕事をある程度は計画的にできるのである。この時点ではもちろん、再発した現在でも癌との闘いを諦めたわけではないが、闘いながらも死ぬことへの準備を併行して行っている。死に方としては癌死も悪いことばかりではない。

二月十九日、続き。

ヴァンクーヴァーで道に迷っている夢を見た。もう一度行きたいところなのか。ハワイの夢も見ていると思う。

その後、ヴァンクーヴァーやハワイの夢は何度も見ている。ヴァンクーヴァーで三〇歳すぎの二年余りを暮らした。一歳に満たぬ長男を連れて出国し、次男は彼の地で生まれた。ハワイも何度か家族で旅行した、好きな場所である。

家族で食べ放題の店で外食。こういうこともうない。

「こういうことはもうないだろう」と思うとかなり感傷的になる。花見や遊園地や温泉旅行や……。子どもたちの嬉しそうな表情を見て、自分は顔で笑って心で泣いている。

【二〇〇五年二月二〇日】
いつもの日曜日。
夜はOHさん宅でOHさん、OSさん一家が手術へ向けての激励会を開いてくれた。痛飲。

ご近所のOHさん、OSさんにはこの後も何回となく支えてもらった。とくに妻や子どもたちがそうであったと思う。今でもである。いくら感謝しても感謝を尽くせない。

【二〇〇五年二月二十一日】
術前検査で再度胃カメラを受ける。長くて辛く、それが終わってから外来診療へ。これ

も辛い。肉体的なことだが。
昼間の病棟でのレクチャー、夕方の院内レクチャーをこなす。最後というつもりはないが……。

【二〇〇五年二月二十二日】
「なるようにしかならない」という気持ちと「最悪のシナリオを覚悟しておこう」という気持ち（中には「最悪のことを想定しておけば実現してもショックは小さかろう」という備えもある）の中間か、追加検査の結果も見ていない。

こうしたペシミスティックな気持ちとオプチミスティックな気持ちが入り混じって心が乱れる。ペシミスティックに考えておけばショックは小さい、という予防的な対応措置も講じているわけである、揺れ動く。心が定まるところがない。とくに、術前で先が見えない（余命もわからない）頃はそうだったと思う。

化学療法（抗癌剤）を受けている今でも、この気持ちは根本的に同じである。化学療法が効いているのではないかという希望的観測（実はこれは小さいが）と、効かずに進行しているだろうというペシミスティックな見方が交互に心を占める。

【二〇〇五年二月二十三日】
主治医のT先生より夫婦で説明を受けた。ステージⅡであれば五年生存率は八〇%。Ⅲであれば五〇%、と。ⅡかⅢかが大きな分かれめか。

【二〇〇五年二月二十四日】
今日から三日間、神戸の学会へ出かける。

病を得た、という表現がよい。

体をこわした、というほどの症状はないし、体がこわれた、という言い方はなじまない。精神と肉体は別かどうかという問題を考える前に日本語としておかしいであろう。

表現、言葉の問題にあくまでこだわっている。どうでもいいようなことなのだが、闘う相手をはっきりさせて闘う意思を固めていくための手順なのである。闘う相手は自分自身ではなく——自分との闘い、という面も非常に大きなファクターなのだがここではひとまず置いておこう——、癌という病である。自分の中に巣喰っているものではあるが、自分はそれと訣別して闘うのである。

観念論的な処置でしかない。癌は、もとはといえば自分の体の一部から出てきたもので、例えば外から細菌が入ってきて肺炎を起こしているのとは違う。生物学的には自分の体の一部と闘っていくことになるのであろうが、あくまでも気持ちの持ち様の整理をしているのである。癌は敵なのだ。外敵なのだ。こいつを内から追い出さなければならぬ。

【二〇〇五年二月二十五日】

術前までは「普段どおり」「いつもと変わらず」と思って学会に来ているのに集中できないでいる。他人の萌芽的研究の話には興味がわかないし、定型的な論理展開は終わりまで聞かないうちに席を立ってしまう。本を読みに来たようなものになってしまう。しかし、それでもいい講演を聞くと仕事をしたいと思う。今、あるいはこれからもできないことを口惜しく思う。予後が悪くても臨床医としてやるべきこと、二〜三年でできることはやるべきなのであろう。

五年生存率五〇％という期待を持たせるような考え方（自分は生存するほうの五〇％に入るのではないかという期待）は止めて、五年×五〇％で生存二年半と考えていこう。

読みたい本がたくさんある。一冊読むとそれが一冊減るのではなく、さらに新しく何冊かの読みたい本が出てきてしまう。丸谷才一『文章読本』（面白かった）を読んで谷崎潤一郎の同名の本も読みたくなったし、大岡昇平の『野火』も再読したくなった。

もともと読みたい本の数が読める本の数を上回っていてオーバーフローしている状態、読もうと思って買った本が読まれずに溢れている状態であった。約一年分溢れていた。というのは、一昨年かその前の年末に、その年の初売りで買った本をまだ読んでいないことに気がついたのである。

癌になってから本を読む時間がふえた。読みたくて仕方ない。今は昼休みと眠る前に読んでいる。速い方なので週二～三冊はこなしている。しかし、買う本もふえてしまった。死ぬ前に読んでおこう、読めるうちに読んでおきたい、と思う本とやたらと巡り合ってしまうのである。本の中の世界に浸っていると現実（癌）から離れられる、といったつもりはまったくなく、ただただ本好きで面白くて読んでいるだけなのである。むしろ、癌のことは片時も忘れることはない。読みながら嘔気に襲われているから。

ヴァンクーヴァーで過ごした二年半は日本語に飢えていた。留学で当地の病院の研究所に通っていたので、家を一歩出れば日本語を使うことはめったになく、ましてや日本の文字を目にする機会はごく少ない。本国から月遅れでたまに送られてくる雑誌や日本字新聞（購読する余裕がなかったのでスーパーに置いてある無料の宣伝紙を持ち帰って読むのだ）を、広告の隅から隅まで読んでいた。活字に飢えていた。今はそういう状況とは少し違うが、飢えていることには変わりがない。

本を読むには時間が要る。もっと時間が欲しい。しかし、こうならなかったら（人生があと少し、と一方的に区切られなかったら）こんなに集中して本を読むこともなかったろうに、こんなに渇きを感じることもなかったであろう。皮肉なものである。目の前から取り上げられると（本を読む時間のこと）、それが欲しくなる。

五年×五〇％…という計算は数学的には間違い（知っていて書いている）。生存曲線は直線ではないので指数関数を使わなければ計算はできないが、そういう面倒なことを言っているのではない。

〈N医師〉最初の入院中は私自身も当時は副院長であったため臨床現場にいたから、当然毎日彼を回診した。初回手術後にいろいろなことが脳裏を去来したとは思うが、彼は本当に病室で良く本を読んでいた。実はこのときは本当に読書が好きなんだな、あるいは全力で仕事をしていた医師が突然個室に入院して、仕事から隔離されればやはりこうして本を読むのだろうと思っていた。

歩けるようになると彼は医局に点滴台をひきながら現れて文献を読んでいたことがあった。初回手術の入院時はこのように医師としては当然かなと言う程度の印象を持っていたが、その後の再発が分かってからの数回の入院でも彼は読書をしたり医学論文を読むことを常に続けていた。しかし、そのときは初回入院とは異なり再発を告知され、余命についても深く悩み続けている状況である。その状況で病床を見舞う側としては、ベッドサイドにおいてある論文を見ると心が痛んだし、同時に彼の壮絶な気迫とやり場のない怒りと不安の象徴であると感じないではいられなかった。そういう意味では、少なくとも私の前ではどんなときも彼は優れた医師、医学探求者として振る舞ってくれた。もし、いまさらこんな論文を読んでいったい何の役に立つんだよ先生、と私に突っかかって来てくれたらどういう対応もできなかったと思う。今でも感謝しているし、心から尊敬している。

【二〇〇五年二月二十六日】

夕方、神戸より戻り、夜に教授の退官記念パーティに出る。もういろいろなところで胃癌の話はリークしている。

二次会は妻も呼び出して〇たちと四～五人で飲む。さらに帰りにラーメンまで食べた。こんなことはもうできまい。

【二〇〇五年二月二十七日】

子どもたちとプールへ行く。これも最後かもしれない。子どもたちの希望もあって昼、夜と寿司。食傷する。

そしていよいよ入院、手術である。

Ⅲ 手術

【二〇〇五年二月二十八日】

入院。

大腸ファイバーで直腸にポリープあり。ポリペクトミーをしてもらう。

手術前日、精神的にはやることがなく勉強と読書のみ。

末っ子が「もうハワイへ行けないのではないか」と心配していた、と妻に言われる。もう一度は連れて行ってやろう。


【二〇〇五年三月一日】

手術当日。もはやさしたる感想なし。

九時少し過ぎに入室。

麻酔は一瞬のことで何も憶えていない。

終わって目がさめて聞いたのは時刻。十五時という。二時間くらいの手術と聞いていたので、これは予想外の大手術になってしまったのだと思った。妻にすまぬ。

あとから胃亜全摘という予定どおりの手術であったことを聞かされたが、五時間かかったことで疑心暗鬼になっている。

山崎豊子『白い巨塔』では、財前教授の手術（財前教授自身が患者）の時に、開腹したらもう手遅れとわかり、臓器を摘出することなくすぐに手術が終了した。しかし、これでは手術時間が短かすぎて予定していた手術をしたことにならない。そこでスタッフは時計の針を進ませることでごまかしたのであった。

医者はこのように厄介な患者なのである。自分もストレッチャーに載せられて手術室を出る時に見た時計がすごく気になった。九時入室、おそらく九時半くらいには手術開始、しかし終了は十五時くらい。二時間くらいの手術のはずが五時間以上もかかっていることにすぐ疑問を感じた。疑問を感じる、というよりももっと強い感想・確信であった。開腹してみたら癌の範囲が広く、あるいは周辺への浸潤や肝臓への転移があって予定外の広範囲な切除・大手術になったに違いない。

手術室を出て最初に妻に言った「すまん」という言葉はこの意味で言ったのであった。しかし結局はこの確信ははずれであった。術中の迅速診断に時間がかかったための手術時間の延長で、手術そのものは予定された範囲のものであったし、術中輸血もしなかった。結局、疑心が暗闇に鬼を見ただけのことであった。しかしその思いはさほど長く続かない。麻酔から醒めてくると肉体的なことで参ってしまうのである。痛み止めは術後も点滴で体に入っている。しかし、痒い！

三月一日、続き。

痒い。

血圧計や下肢血栓防止の機械や紙おむつやらが、とにかくむれて痒い。痛みは痛み止めで軽くなるが、痒みで一晩眠れず。

〔T医師〕三月一日、いよいよ手術がはじまった。私と三〇年間一緒にサッカーをプレーしていた、四〇代半ばとはみえない強靭な体が、手術台に横たわっていた。また一緒にサッカーができるようになるのだろうか。それとも、と一瞬不安がよぎったが、思いのほか淡々と手術は始まった。

私が一般病院に赴任するまで所属していたT大学消化器外科のM教授と一緒に最後に大学病院で手術に入ったのは、一〇年以上も遡ることになる。この三月に、M教授は大学病院を退官される予定であり、もう、手術でご一緒することはないと思っていたから、まさかこのような形で手術をご指導していただくことになるとは、夢想だにしていない出来事であった。

術前の内視鏡のマーキングクリップを触知し、病変を確認したところ、病巣は手で触知され、進行癌が強く疑われた。恩師とのコンビによる手術は順調に進んでいたが、左胃動脈（胃を栄養する最も太い血管）を切離した瞬間、数秒間、板橋の心拍が停止したときは、こちらも心臓が止まりかけた。約一〇秒後には、心拍は正常に復帰し、手術は継続された。肉眼的にリンパ節の腫大はなく、胃切除断端に癌細胞の浸潤がないことを術中迅速病理診断で確かめ、型通りに二群リンパ節郭清を行い、Roux-Y型の胃空腸吻合術で再建し、手術を終えた。麻酔時間三百七分、手術時間二百六十三分、出血量六十四g。術後は、麻酔からの覚醒も良く、数日間創部痛に悩まされたものの、水分は術後三日目から摂取し、その後も経口摂取は良好で、驚異的な回復を見せた。

【二〇〇五年三月二日】

昨日よりはましだが痒い。背中がむくむのがわかる。やたらと汗をかく。

とにかくすごい量の発汗であった。夕方に着替えた病衣が真夜中には病衣ごとシャワーを浴びたかのように濡れた。

思えばものすごい痛みに対する（あるいは手術という生体への侵襲に対する）自律神経の反応だったのだろう。痛みそのものは硬膜外ブロックで抑えていて感じないが、自律神経はそれを（痛みとしてではなく）感じて、大量の汗となっていたのであろう。

【二〇〇五年三月三日】

ＩＣＵから一般室へ昨日戻り、今日は尿のカテーテルも抜けた。立って小便もできた。あとは予後を知るだけだと思う。

【二〇〇五年三月四日】

いろいろな夢を見る。食欲はまったくないのに食べ物の夢も何度か見た。小用をしてしまった夢を見て、しまったと思ったら目ざめて、看護師にトイレへ連れていってもらい、そこでいよいよする時に気がついて目ざめる、という二重の夢も見た。危なかった。

げっぷが、血と消毒液が混じったような不快な臭いになっている。いつも同じ臭い。小腸の臭いなのか。

少し経ってから思いついたが、これは焦げたハンバーグのような臭いであった。胃を切る時に電気メスを使い、その焦げた残滓の臭いだったのではなかろうか。
それにしても「内部事情」を知っている医者はいろいろなことを考えるものである。
三月四日、続く。

発汗、大量。

痛み止めの注入量を減らすと痛い。しかし、いつまでも頼ってもいられない。

五年生存率五〇%なら平均余命は三年九カ月くらい、5×0・5+5×0・5×0・5。もちろん+αはあるが。実のところ、そんな単純な計算式ではないけれど。漿膜まで達していれば、もう腹膜播種はあるかもしれない。そうなるとすごく短いだろう。

【二〇〇五年三月五日】

側臥位で眠ると腹が痛く吐気を催すため、仰臥位ばかりで寝ている。このため背筋痛が

ひどく、昨夜はまた眠れなかった。

子どもたちの成長期にいてやれないことになったら本当にすまないと思う。

経口摂取が始まる。重湯。米の味、だしの味をこんなに強く感じるとは思わなかった。


自分はいわゆるグルメでもないし、舌（味）の記憶もいいほうではないと思う。それがこの時のすまし汁のだしがわかった（椎茸）。わずか数日の絶食でこんなにも鋭敏になるとは！

三月五日、続く。

しかしそれどころではなかった。この日、予後を決める病理診断が出たのであった。


七十二・五kg、マイナス四kgといったところか。これからも減るであろうが。

二〇m歩くと息切れ。

しかし、腹腔ドレーンは抜去された。

病理の結果が出てステージⅢAであった。漿膜に達していたのだ。
五年生存率五〇％。
末っ子は七歳、次男が一〇歳。この子たちが大学受験時まで収入を得つづけられるか、
末っ子はあと十一年ある。学資を貯えねば。

昼すぎ家族来院。昨日は大雪のため来ることができず、子どもたちとは入院後初の面会。

午後は腹痛ひどし。

もう創造的なことはストップせざるを得ぬ。

子どもたちの先々を考えると涙が滲む。しかし泣いても仕方ない。現実が変わるわけでもないし、気分が楽になるわけでもない。次の涙が続くだけだ。

泣きたいのは突然足元をすくわれた妻や子どもたちのほうなのだし。

これから化学療法も必要になるとのことだ。しかしそれで三年延命したとて、その三年に使う医療費を差し引けばどうなるのだろう。

子どもたちにどれだけ遺せるかだけが主題だ。

こうして、治療方針というか、私のこの後の生き方の主題が決まった。家族に多くのものを残すこと、具体的には金を遺すこと。

思い出を残すとか、生きる姿勢を示しておくとか、そんなきれい事は言っていられないのだ。子どもたちが独立していて妻にも十分な財産を遺してやれる時期（例えばあと一〇年後）だったらそう言えたかもしれない。しかし、今はそれどころではない。あと一〇年（十一年）は子どもたちに金が必要だ。自分がいないことで子どもたちの将来が制限されてしまうことはもっとも口惜しいことである。自分は家の収入のことで私学の医学部の受験を断念したが、子どもたちにはそういう面での無念さは味わわせたくない（彼らが金のかかる進学を望むかどうかはまったく別として、彼らに医学部を受験してほしいという気持ちはまったくない、好きなようにすればよい――好きなようにさせてやりたい）。なるべく多くの可能性・選択肢を残してやりたい。

今にして思えば、この時こういう決心をしたのに二年後の再発の時も同じようなことを考えている。忘れたわけではないけれど、決心が風化していったのだ。癌の手口はこれだ。二年間、何事もなく潜行していて患者の闘う気持ちが風化したところで攻撃に出る。

癌の二回目の攻撃は、一回目のインパクトと実はあまり変わりはないはずなのに、受ける側にとっては隙を突かれて慌てふためくことになる。

〔T医師〕手術後一〇日目に最終病理診断が報告された。結果は、我々の予想をはるかに上回る進行癌であった。腫瘍のサイズ自体は小さかったものの、漿膜面（癌は粘膜に発生し、大きくなるに従って深く浸潤し、漿膜面に露出するようになる。胃癌では、漿膜に癌が露出すると癌が腹膜に転移し、いわゆる癌性腹膜炎として再発する可能性が高まる）に癌が露出しており、所属リンパ節転移も陽性であった（胃に近い1群リンパ節に転移が三個陽性であった）。最終ステージはⅢA。これまでの国内での統計学的な五年生存率は五〇％程度であった。つまり、簡単にいえば、二人に一人は再発して、癌で死ぬということになる。この結果を板橋には正確に伝えたが、彼は取り乱すことは決してなかった。あたかも、進行癌であることを予想していたかのようにみえた。病理の結果を奥さまにも、私から話そうか、と尋ねたところ、自分から伝えるから大丈夫だと答えた。

【二〇〇五年三月六日】

病理レポートでは周辺組織への浸潤あり、なのである。化学療法は必須か。

妻が働かなくてもすむように金を遺したい。

子どもたちが独立してから旅行するのが楽しみだったが…。

背中の痛みで昨夜も四時間ほどしか眠れず。背中をかばうと腹が痛む。しまいには両方痛む。

排便あり。それだけで疲れ果てる。

硬膜外麻酔終了。シャワー。

時間が区切られたわけだ。決まった試験時間内に合格点の回答を作らなければならない。それがすめば？　試験が終わっても試験会場に残る奴なんかいない。

後から聞いた話である。この麻酔（痛み止め）は背部痛のレスキューの頼みの綱であり、痛みがひどい時はナースコールを押して注入量を増量してもらっていたのだが、実はここ数日、薬は入っておらず、ただの生理食塩水であったとのこと。何ということだ。己れの依存性を恥ず。だらしのない！

【二〇〇五年三月七日】

行うべきことははっきりした。

自分のことでは、家族に多くの財を遺すこと。少なくとも妻の今後と子どもたちの学資に困らぬものを。

それからあと三年と考えて現在の活動を整理すること。将来的な研究はしない、一般内

科的な勉強は縮小する、体力を温存する。
すべては遺児のために、遺族のために。

「患者よ、癌と闘うな」と言った医師がいた。一時話題になった。病に対して絶対的に有効な治療法がなく、多くの場合は巨額の費用に見合った効果が得られないのであるから、闘うことは止めて別な方向に向かえ、という論旨だったように思う。その当時、自分は患者をして癌と闘わせている側（医師）だった。ほぼ連戦連敗、治療をしても患者は死んでいった。しかし中には（少しの）延命ができた患者もいた。その延命できた時間が患者にとって有益なものであったかどうかまではわからないが、癌であればまったく闘いを放棄してしまうのはあまりにもペシミスティックだと思っていた。どの道（闘うか否か）を選ぶのは患者だ。医師はその選択に必要な情報を開示する。そして医師としての意見を求められたら、末期でない限り（治療に対する反応――治癒は望めないとしても延命はできる――が期待できる限り）闘うことを勧めるべきだと思った。それが医師の本領であろう。死と闘うこと、病気と闘うこと。

しかし、実際に癌患者になり、しかも進行癌で予後が悪いとなると、しかも子どもたちが小さいとなると、もうそれどころではない。癌と闘うな、と言われても闘わざるを得ないのだ。闘って己れの命数を延ばす、なんてことではない。闘って少しでも存命し、その間に収入を得てそれを遺す、それだけの目的のために闘うのである。したがって働けない状態での延命はまったく希望しない。それは無意味。

闘う、闘わない、の選択の問題ではない。そこにいる癌、こいつが家族の将来を壊しにかかっている。闘うしか道はないじゃないか！

三月七日、続き。

医者としては、眼前の診療に絞ること、萌芽的研究や長期治験はしない、動きの遅い研究会は作らないし参加しない。同僚に譲れるものは譲る。急性期疾患に特化していく。

背中の痛みも軽減し、眠れるようになってきた。

〔G医師〕この時期には私は医療者として彼の診療に携わる立場になかったが、今、彼の手記を読み返し、同じ世代の子を持つ一人の父親としてただ圧倒される思いだ。「印環細胞癌、ステージⅢA、五年生存五〇％」という客観的事実の意味を受け入れたうえで、家族のために軸を定めた彼の「闘い」の覚悟、それを私は担当医時代にも十分には理解していなかったのだろう。感傷的な説明により、彼をいらだたせた一人だと思う。彼ほどに自分の運命に立ち向かえる人間は稀だろうが、その強烈な意思に、この後、私は担当医として引きずられるように付いて行くことになる。


【二〇〇五年三月八日】

あと三年で人生が終わるとして残念なこと。

もっと本を読みたかった。スペイン（バルセロナ）とヴァンクーヴァーは再訪したかった。夏の朝の北海道を再訪したかった。家族のこと。

回復は順調だと思う。日々前進がある。


【二〇〇五年三月九日】

術後経過の順調さと予後には関係がない。術後の立ち直りがよくても、ステージⅢであることには変わりない。

とはいえ今日は体調不良。自信がなくなる。


【二〇〇五年三月一〇日】

実にほんの少量しか食べられない。そういう食べ方でないとすぐに腹痛がくる。水分も然り。

初めて酒を飲む夢を見た。味はない。

運を天に任すしかないのはわかっている。でも子どもたちや妻は誰に任す?

癌は私を攻撃しているだけではない。私の愛する家族の将来までも歯牙にかけているのだ。自分の身は結局は癌に委ねるしかなくなるとしても、家族まで癌に任すわけにはいかない。だから闘うのだ。

【二〇〇五年三月十一日】

癌で死ぬという死に方は、望んでいたものだったのだ。

突然死では自分は苦しまないかもしれないが、言葉を遺せない。伝えたいことを伝えられない。

といって長生きして判断能力が低下して死んでゆくようでは周囲の負担になろう。じわじわと死んでいくのも辛い。

癌のように区切られた死（区切られた生）がもっとも望ましいものなのだろうと思う。

時間が限られている。嘆いている暇はない。

【二〇〇五年三月十二日】

たっぷり休みをとって養生するように言われるが、自分には時間がない。休んでいるうちに再発や播種は広がる。競争なのだ。休んで転移が治まるわけではない。

このことはこれからずっと（今に至ってもなお）周囲とのずれとして残る。周囲の人々は――その人が癌というものをよく理解し、かつ、私の状態をわかっていると思われる人であっても――、体を休めて養生せよ、と言う。休めばよくなるのか。休んで癌が治るならそうする。休んで回復する状態ではないのだ。それどころか、休んでいる間にも癌は進行するのである。休んで癌は治らない。それなのに周囲は休め休め、と言う……。

休んでなんかいられない。限られた時間にやるべきことや、やりたいことがたくさんある。やらなければならない。休むことはもう何も生まないのである。

〔N医師〕ゆっくり養生してくれと言ったのは私であろう。近年の傾向としては彼の受けた手術であれば早い人は術後二週間では退院する。その後さらに三〜

四週間くらいは養生して仕事に復帰する人が多いようである。我々が医師になった三〇年くらい前であると術後一月くらいは入院しているのが普通であった。今回、彼は術後十八日目で退院しているから決して標準より早くはないが、やはり食事の取り方がある程度つかめるまでは時間がかかるので、仕事復帰はそれからでもいいと言うつもりだった。しかし、今にして思えば彼はこの時点で病理の結果を知らされているのだから、当然こういう気持ちであっただろう。そのときはそこまでは気づかずにいたことを申し訳なく思う。むしろ、自宅に近いS市の病院でなくこちらで手術したんだから、子どもさんたちと少しゆっくりしたら、という気持ちだった。たまたま、そのときは頼りになる呼吸器内科医師が他に二名いて現場は大丈夫だからそういう意味では心配ないと言うことも、ゆっくり養生するようにと勧める理由でもあった。先生が大丈夫なら明日からでも仕事に復帰してもいいよ、現場は待っているから、と言った方が良かったのか、今でも難しい判断だと思っている。

【二〇〇五年三月十三日】

体重減少が著しい。六十九kg。ここ一週間でマイナス三・八kg。

食欲はない。食べたいという気持ちより食後の不快感を嫌う気持ちが強い。

【二〇〇五年三月十四日】

妻はこの事態を恥ずかしいことだと言う。病が恥というわけではなかろうが、入院していることが知られるのは恥ずかしいらしい。

しかし、再発して末期となっての次の入院の時になって真実が語られるほうが、説明が長くなり自分にとっては苦痛だ。まあ、理解されることではなかろうが。

末っ子の先行きの心配もそうだが、次男だって大学受験まであと七年もある。そこまで生き延びられるとは思えない。

【二〇〇五年三月十五日】

子どもたちに何かしてやりたいという具体的な考えはない。子どもたちが困らないようにしておきたいと思うだけだ。金というものは、何ものにも替えられる便利なものだと思う。思い出などという空疎なものを残すよりは子どもたちの自由度を少しでも広げる金を遺したい。

時間がない。金を離れた高尚なことなど言っておれぬ。

今、四十五歳というこの歳で、この状況で病を得た。敵は強大で、勝敗は不明である。勝ち目は薄いと言ったほうがよかろう。

しかし自分の今の年齢と境遇であれば十分に闘うことができる。闘うにあたっての家族のための準備もできる。闘い、遺される者たちへの用意も行える状態で敵が現れたことは幸いであった。ここは死地なのである。死に場所を得たのである。年をとって、気力・体力が衰えてからの戦さではない。存分に闘えるはずである。存分に死ねるはずである。

退院の話が出たが、その日は忙しくて食事を作れぬから退院はしてくれるなと妻に言われる。ショート・ステイを転々とする厄介者の老人になったような気分だ。

砂のような退屈。

【二〇〇五年三月十六日】

病人というものは家庭にあっては確かに厄介者なのであろう。それまでの生活のリズムやパターンが崩れてしまうのだから。しかも突然やってきて去ることはない（癌患者であれば死ぬまで）。

初めて売店に行った。本を読み尽くしたので何か小説を、と思って行ったのだが、昼どきだったので弁当を売っていた。手術後、初めて食べたいと思った。油のあるものに対して初めて食欲が湧いた。

帰りは一階から三階まで階段を昇った。足の筋肉は何ともないが、息が上がって手が震えた。冷汗をかいた。低血糖？　ダンピング症候群が始まったか。

あと三年の命ということは、例えば長男が大学に入学する時にはもう自分はそこにいないということだ。陰も形もなく、存在していないということだ。

こういう形で突然に人生の区切りを宣言されたことを思えば、意に沿わないことを我慢して遠くの目標のために膝を屈するようなことをせずに、臨床の世界で目の前の患者を救おうとしてきたことでよかったと思う。少しでも価値のある人生を送れた。

本を読み、ただ食事だけを待つ。

【二〇〇五年三月十七日】

囚人の如し。日々の変化もなく、読書と食事のみ。ものを考えることもなし。

主治医より今後の化学療法のレクチャーを受ける。五年生存率は五十七％。半数は五年後にはいない。わかっていたことに引き戻される。

今になって生き延びたいと思ってきたか。しかし現実は現実だ。それが五十七％なのだ。生き延びたいと思って生き延びられるわけでもない。覚悟と準備をすることが理性的な闘い方だ。
闘いは攻めることと守ることを同時に行う。化学療法で攻め、金の工面をして家族を守る。わが身を守る必要はない。それをしないのが戦士だ。守るべきはわが身ではない。

【二〇〇五年三月十八日】
化学療法は無駄かもしれない。残遺癌や転移が明確でない以上、その効果は評価できない。しかし先制攻撃ではある。黙っていたらやられるかもしれないという脅威とその被害の大きさを考えると、先に手を打つこともありであろう。

若い頃に生命は有限だと思って虚無を感じたことがある。それほど大げさなものではなく、いつ死ぬかわからぬのに素因数分解の練習をしていても仕方ないじゃないか、一度も役に立たぬうちに死んでしまうかもしれないのに化学式を憶えても仕方ないじゃないか、といった程度のことだが。

しかし長じてこの歳になると、いつのまにかいつまでも生きていられるような気になっていたのは事実だ。老後のことを考えたりして。

そして今回のことで再び生命は有限で区切られたものだ、ということに気づかされたわけだ。何ともうかつなことだ。自分は死ぬのだ。

化学療法の意義はこうだ。子どもたちは小さい。二年生きるところを三年にして少しでも多くの学資を稼ぎ、少しでも彼らが大きくなるのを待つ、その時間稼ぎのための戦術だ。座して待つよりは先制攻撃をかける。

癌と闘うこと、金を稼ぐことがしつこく出てくるが、その前途の多難さにくじけぬよう、意を決するために繰り返し自分に言い聞かせていたのだと思う。現実を考えれば暗澹たる気持ちにならざるを得ぬ闘いなのである。

〔G医師〕このときの化学療法は、私ではなく、外科のT先生が担当したが、私も治療の選択については相談を受けた。板橋は「先制攻撃」と名づけているが、医学的な用語で言えば、術後補助化学療法であり、その意味について簡単に整理すると次のようになる。

手術で目に見える部分の癌はすべて切除し、周りのリンパ節もきれいに取り除いた（リンパ節郭清という）。しかし、板橋のケースのように進行した癌の場合、目に見えない微小な転移がすでに体内に残存しているかもしれない。それが将来進行していくと目に見える形の再発や転移ということになる。この目に見えない相手に対して先制攻撃を仕掛けることが「術後補助化学療法」の意義なのだ。

例えば乳癌などの場合、適切な術後化学療法は再発率を一〇％以上下げる（つまり完治する患者をふやす）ことが期待できる。しかし、胃癌の場合、術後化学療法が再発予防に本当に有用なのかどうかは二〇〇五年当時、科学的に証明されていなかった。事実、二〇〇四年版の『胃癌治療ガイドライン』には術後補助化学療法の意義は確立していないと記載されている。しかし、実際にはティーエスワンという内服の抗癌剤が広く用いられており、彼に開始されたのもこの内服薬である。ティーエスワンの有用性はこのころ行われていた多施設の臨床試験で検討されている最中だった。

【二〇〇五年三月十九日】
本日退院。新たなる闘いの日々が始まる。
夕食は予想以上に食べられた。家族で食べる、というのがよかったか。
酒を飲む。ほんの少し。旨くない。

【二〇〇五年三月二〇日】
買い物に外出。疲れる。
外食。もりそば三分の二で苦しむ。

妻はこの癌を酒のせいにしたがる。酒のせいだと主張する。突然襲ってきた不幸に何か説明をつけなければその理不尽さを受け容れ難いという心情は理解できるとしても、酒のせいということは、つまりは自分の行いが悪かったから癌になったと責めているのと同じで、どうもそう言われると反発するし、自分は受け容れられぬ。病は誰のせいでもない、というふうには考えられぬのか。

相手が強大であれば、事が理不尽であれば、そこに理由を見つけたくなる。妻も苦しんでいるのだと思う。この時はそう理解する余裕がなかったが。

【二〇〇五年三月二十一日】

末っ子の幼い仕草を見てあとこれも三年、と思うのだが、実は癌はなくても子は育つ。こんな光景は三年も続くことはなく、あと一年で見られなくなるのは当たり前なのである。癌に伴う感傷に過ぎぬ。

夕食後（外食）、背中まで痛くなりひどく苦しむ。

【二〇〇五年三月二十二日】
復職したいのと自信がないのと半々なり。

【二〇〇五年三月二十三日】
お世話になった教授の退官記念パーティ。退院後初の宴会。
酒は少し飲めた。
気分はかえって沈んだが。

〔T医師〕術後は幸い大きな問題はなく、三月二〇日に、板橋は退院した。そして、驚くべきことに三月二十三日の医学部サッカー部主催のM教授の退官記念会に板橋は現れた。確かに、主治医としては自宅療養を勧めたものの、宴会に来るなとは言っていなかった。もちろん、サッカー部の他の連中も多いに驚き、板橋の回復が予想以上に早かったことを皆で喜んだ。さすがに、あまり食事はとれず、好きな酒もなめただけだったが、M教授には順調に経過した術後の報告をして一次会で帰宅した。板橋は、元気になった姿を、サッカー部の連中に見せて、健在ぶりを顕示しておきたかったのだろう。

【二〇〇五年三月二十四日】

近くの町で講演。車中は少し気分不快となるも、講演は一時間熱中して喋ったためか何ともなし。帰ってから疲れが出たが。

【二〇〇五年三月二十八日】

職場復帰。事務的なことばかりしていたが、それでも少し疲れた感がある。

〔N医師〕当院呼吸器内科は、病院開設時の二〇〇二（平成十四）年八月以来当分の間は常勤医不在であった。それが、二〇〇四（平成十六）年九月に二名（その後、彼の同僚として働くことになる）、十一月には彼が着任して一気に三名のチームができあがっていた。臨床現場でも、研修医教育の面でも新しい呼吸器内科チームができたことは当院にとって大変な福音であった。実は、彼は新天地へ着任後わずか四カ月で胃癌が発見されて手術になった。今にして思えば、いくら能力のある彼とはいえ新しい職場環境に慣れるストレスのために胃の調子が少し悪かったと言う思いがあったのかもしれない。もしそうであれば、年内に内視鏡を受けておけばと思わないではいられない。

実は、この新しい呼吸器内科チームができたのち、ちょうど彼が入院している時期は最も臨床が忙しい時期であった。同僚二名の医師が三十八名の病棟入院患者を受け持つという忙しさであった。しかし、たまたまその後、退院できる人が増えて彼が仕事復帰する三月二十八日（退院後九日目）は入院患者が半分の十九名まで減っていた。そういうこともあって、慣らしの期間としては事務的なことを最初にしてもらえばいい所まで来ていたのである。それは今でも良かったと思っている。しかし、彼も自分が入院している間にどれだけの患者が呼吸器内科病棟に入院していたかはパソコン端末から簡単にチェックできるのでそのことは良く分かっていたと思う。

【二〇〇五年三月三〇日】

昨日から本日まで家族で県内の温泉に行った。最後から何番目の家族旅行だろうか。

【二〇〇五年三月三十一日】

今日からフルに仕事。夕方になるとだるい。

もう後はないと思えば、いろいろとやることは思いつくが。


【二〇〇五年四月一日】

二日続けて仕事をするとだるい。

手術をして何かできなくなったことがあるとしても、それは取るに足らぬことだ。問題はあと何年生きられるか、いくら遺せるかということだ。


【二〇〇五年四月二日】

退院して二週間だが、こうなる前は毎晩飲んでいたアルコールをほとんど飲みたいと思わぬ。

【二〇〇五年四月六日】

ピロリ菌の除菌療法が終わり、本格的な化学療法が始まるまでの合間。

どうせ先に死ぬのだ、と思うと思い切ったこともできよう。仕事の上でやりたかったことを始めたい。


【二〇〇五年四月八日】

一週間の勤務。午後はだるい。これではやりたいことができぬ。

初めて弁当ではなく食堂へ行く。うどん一杯がやっと。

体重も増えぬ。

【二〇〇五年四月九日】

自分の状態であるseでは一年生存率六〇％。二年で四〇％、五年で三〇％というデータもあることを知った。覚悟を、覚悟を決めて闘うべし。

こういうこと（データのずれ）はありうることなのである。統計をまとめた病院や地方が異なれば患者のバックグランドも異なってくるので生存率が多少違ってくる。

四月九日、続き。

子どもたちには諦めないで闘う姿を見せて死にたいと思う。

しかしこの闘いには金がかかる。無駄金を遣うくらいだったら、その分を子どもたちの金として遺してやりたい。

【二〇〇五年四月一〇日】

子どもたちとキャッチボール。疲れる。

嘔気と腹痛が恒常化し、術後の一時期より体調は悪い。

長男をしっかりしてくれと叱ると、妻は彼はやっていると言う。生き残る者同士で納得しているならそれでよいのだろうが。

こういう、おかしな疎外感を勝手に感じてしまう。自分は舞台から去っていく人間で、世界は彼らに残される。彼らがよければ自分の意思の居場所はない。ひどいひがみ根性なのだが……。

【二〇〇五年四月十二日】

下痢（裏急後重）が続いて抗癌剤が始められない。体調不良。

Ⅳ 化学療法

【二〇〇五年四月十三日】
本日より化学療法（経口薬）が始まる。

いよいよ次の段階に突入したわけである。標準的には胃癌は根治手術（病巣が取り切れてしまう手術）をすれば術後に化学療法を追加することはない。しかし今まで書いてきたように自分の場合は事情が異なり、癌がすでに腹腔内に散らばって根づいている（その病巣はまだ小さすぎて見つけられないが）可能性があるため、抗癌剤を使うわけである。手術の次のステージである。テレビゲームのステージと違って、これは悪い方向へ降りていったステージである。

〔G医師〕この時期に板橋が服用していた抗癌剤はティーエスワンという、フルオロウラシル系の経口薬で、前述したとおり、ステージⅡ以上の胃癌の再発予防のための治療（術後補助化学療法）にこの当時から、日本国内では広く用いられていた。術後一年間の内服継続が、無治療の場合と比べて有意差をもって再発の予防に効果的であるとの科学的データが学会に提出されたのは、二〇〇七年六月のことである。

【二〇〇五年四月十六日】
抗癌剤の副作用の軟便で夜中に四～五回も起き、睡眠不足で体力ががた落ちなのがわかる。

【二〇〇五年四月十七日】
家族と最後かもしれない花見。

こうなると、やたらと「最後の～」を意識する。「最後の」と思いながら、それから二年経ってまた「最後の」花見を今年（二〇〇七年）もした。悲愴感はさほどないものの、寂しい感じはしている。

一方、家族（妻はいざ知らず、子どもたち）の振る舞いからは、そういった寂しさは感じられない。癌患者でもなく、将来が無限にある（かの）ように感じているはずの彼らにしてみればそれは無理のないことである。また、本当に余命が短いとしても、日常の（花見はたいてい毎年行くのでこの季節の日常行事のひとつでしかない）いちいち「最後の」という冠詞をつけられたのでは鬱陶しいばかりであろう。

結局は、何事もないかのように、いつものように、という在り方が一番いいのであろう。家族に去られること（＝私が死ぬこと）の寂しさや悲しみを、去る前から先行して味わうこともあるまい。最後の花見もいつもの花見であった、というのが一番いいのである。

〔G医師〕家族との花見のエピソードは、表面的には治癒と違いのない、再発予防治療の時期であるが、それでも癌患者としてみると、世界は昨日までの世界と違うことがうかがえる。それは世の中のすべてへの愛惜と、世の無常を思う気持ちの振幅の中を生きていくということだろうか。

【二〇〇五年四月二十一日】

昨夜、職場の歓迎会に出る。

昨夜もそうであったが、死を覚悟しているこちらとそれを考えていない周囲とのずれがいらだちを生む。周囲は全快したものと思っている。子どもたちも父親が死ぬとは思っていない。

胃癌はよほどのものでない限り手術してしまえばまずは安心、しかもこいつは職場復帰も果たしている（抗癌剤を使っているが、飲みぐすりなのでばれていない――隠すつもりもなかったが）、大丈夫なのだろう、そう周囲が思うのも無理はない。宴会の席では私の状態に関してこちらがひやっとするようなバカ話も出る。死が近づいてくる足音に耳を澄ませている者と、死は立ち去ったものと安心している周囲とのギャップが、砂をかむような感触を残す。

しかし、今になってみると、この頃はまだよかったのである。今はまた状況が異なる。再発し、もはや多くの者が私が死へ向かって歩んでいるのを感じている。今度も、同僚が転勤するのでその送別会には是非とも出たいので、日程が決まったら教えてほしいと幹事に告げていた（ＯＫ、とも言われた）のに、結局は声をかけてもらえなかった。彼らにしてみれば死にゆく者が宴会に来られても、どう対処してよいのか困り果てたのであろう。仕方ないことだと思う。その気持ちは理解できる。

しかし、私は周辺との絆をひとつまた失った、断ち切られたように感じる。日常が遠ざかってゆく。「最後の」が、「いつもの」ではなくなってしまう。生活が周辺から切り取られ、末期癌患者としてのあるべき生活——宴会に出て酒を飲み、普通にお喋りをすることは末期癌患者らしからぬ生活なのであろう——に追い込まれてゆく。自分がいくら闘う気持ちでいて、今までの生活にしがみついていようとしても。

〈Ｎ医師〉これはおそらく病院全体で年一回行う歓迎会である。手術を受けて二カ月もしないのに宴会に出ているのだから、すっかり元気なんだろうと普通の人は思ってしまう。むしろ励ますつもりでいろいろな話が出たんだと思う。しかし、事情の分かる主治医や私などはどうしても単純に明るくふるまって励まそうという気にはなれず、彼の気持ちの奥底を理解しながら発言するようには気をつけたつもりであったが、今となっては自分の言葉を検証することはできない。

【二〇〇五年四月二十八日】
化学療法の影響か。白血球が減っている。症状はない。

〔T医師〕胃切除後は、手術の術式にかかわらず、食餌摂取量の減少と体重の減少はほとんど必発だが、それに加えて、胸焼け、嚥下困難、便通異常、ダンピング症状（食餌摂取後の動悸や顔面紅潮、低血糖症状）などの症状が、残胃の大きさや再建術式による違いがあるが、多かれすくなかれ、ほとんどの患者を襲うことになる。体重減少はともかく、食後下痢をしやすくなり排便が頻回に、かつ不規則になったことなどは、板橋は外来受診時に訴えたことはなく、表面的には極めて応対しやすい患者であった。経口化学療法の副作用に関しても、多くの服用者が訴える、全身倦怠感や手のしびれ、口内炎や食思不振などはほとんどみられず、血液検査上、白血球の軽度減少とビリルビン（肝臓から十二指腸に排泄される胆汁色素）値の上昇が目立つだけであった。もちろん、板橋が私に対して、余計な心配をかけないようにするため、本当の症状を知らせなかった可能性は十分にあり、心の底はみせたくなかったかもしれない。一般に、医療従事者が患者になった場合には、自分の症状をうるさいくらい詳細に主治医に話すタイプと、特別な自覚症状の変化を除いて自らは話さず、主治医が聞き出さなければならないタイプに分かれるが、私の経験では後者の割合が多く、板橋はもちろん後者のタイプであった。

【二〇〇五年四月二十九日】

子どもの運動会。競技に参加したわけではなく、陽光の下に五時間ほどいただけなのに

嘔気まで伴うくらいの疲れが残った。体力がない。

【二〇〇五年五月一日】

術後二カ月。二カ月ではまだ早いが、再発に脅える日々ではないが再発の観念が人生観を変えている。

子どもたちを叱ることがふえた。自分にとっては時間がない、という気持ちが先走ってしまう。

このことは妻も不満に思っていた。叱り方がきつすぎる。

しかし自分は焦っている。来年はこのことを伝えられないかもしれない。子どもがもう少し大きくなれば自然にわかることかもしれないけれど、大きくなるのを待てない——その頃には自分はいない。そういう思いが強く、今でなければいけない、という気持ちが先走りして、おそらく必要以上に厳しく接してしまう。

こうなってしまったからには妻子にとって優しいパパでいたい、という思いがずっと強くなっているのに、優しいパパになれないでいる。叱りながら泣いている。

【二〇〇五年五月七日】

ヴァンクーヴァーの少し高いところにあって海の見える教会の夢を見た。ここからの夕焼けが絶景なのだ。この夢は癌になってから二回目だと思う。実際にはこんなところには行ったことはないが。

食べることが苦痛である。すぐに腹が苦しくなる。カロリーメイトのような、少量でカロリーが摂れるものがいい。食べたいと思わないので食べられないことは苦痛ではないが、カロリーを摂るために量を食べなければならないことが苦痛である。

もともとさほど好きでなかった寿司が嫌いになった。家族は皆好きなので一緒に行くが、食欲はない。寿司に限らないが。

抗癌剤のせいなのか、そういう体になったのかはわからない。

【二〇〇五年五月十七日】

生命保険から癌になったことでの入金がある。いつ死んでもいいぞと言われているかのようだ。

【二〇〇五年五月十九日】

フットサルをやる。術後初めての運動。できたことの喜びは大きい。

職場のフットサル・チームの練習に参加。もちろん、仲間が驚きながらも自分の復帰を歓迎してくれたことが嬉しかった。いつものように相手をしてくれたことが嬉しかった。

【二〇〇五年五月二十九日】

長期の目標や希望がない。子どもたちが大きくなったら何かをしようとか。老後にどこへ行こうとか。そういった想像は空疎なのである。妻がかわいそう。

【二〇〇五年五月三〇日】

世界のことはわからない（わかることが限られている）。自分と関係していることしかわからない、それはそうだ。

ところが、今までわかっていると思っていた自分のことも今ではわからないのだ。癌があったこともわからなかったし、転移しているかどうかもわからない。

自分が自分の内と外の境の皮一枚になってしまったように感じる。

内も外も自分ではない。

【二〇〇五年六月一日】

絶望しながらもニヒリズムに陥らないようにすること。

【二〇〇五年六月十二日】
北海道旅行の予定を立てる。子どもたちを北海道へ連れてゆくという念願を叶えたい。

【二〇〇五年六月二十八日】
再発がわかり、自殺の準備をする夢を見た。淡々としたものだった。

この頃から日記を書く日が減る。癌患者として生きることに慣れてきたのであろう。とはいえ、変化が起こると反応は大きい。ただの湿疹だったのだろうが……。

【二〇〇五年七月七日】
首に皮疹。転移か。

【二〇〇五年七月一〇日】
癌がわかって余生がなくなったと言うべきか、突然その日から余生が始まったと言うべきか。

【二〇〇五年七月十一日】
三コース目の化学療法が始まって強い嘔気と倦怠感に悩まされる。家族との温度差を強く感じる。彼らは慣れてしまったのだろうが、自分にとっては苦しい闘病生活が続いている。暗く沈みこむと死亡率が高いというデータを見る。癌とわかって明るくいられる奴がいるか。バカな統計だ。わかっていない。

まさにそう。どんなに気丈に明るく振る舞っている癌患者でも心の闇は計り知れないはずである。自分だって（家庭内では無理としても）職場では結構とりつくろって明るくし

ている つもりである。

暗くなるのが当たり前なんだよ、暗くなっていいんだよ、というデータをどうして出してやらないいんだろう。そういう仕事こそ、癌患者の生活を研究する者の使命ではないか。

〔G医師〕ティーエスワンは内服の抗癌剤であり、癌薬物療法の中では比較的軽い治療と考えられがちだが、実際には吐気、下痢、口内炎、全身倦怠感などの副作用症状や、白血球や血小板の低下などの血液異常を伴うことも少なくない。癌術後の患者は、再発の不安とともに薬物療法の副作用にも悩まされることから、癌治療中の身体的・精神的サポートの重要性は強調しすぎることはない。

〔N医師〕このころ、まさか彼がここまで思っているとは思えないほど、彼は精力的に仕事をこなしていた。特に、私の前ではこれまで以上に、理性的に動いてくれて、しかも新しいことにも挑戦していたから、ちょっと話しただけでは彼の深層心理は図ることはできなかった。しかし、どっかにその可能性があるかもしれないという思いも確かに私の深層心理にも確実に存在した。しかし、分かっているけど、どうしても「暗くなっていいんだよ」とはいえずに、時間は過ぎていく。

【二〇〇五年七月十三日】

久々に低血糖発作が起こった。ＩＣＵ回診の後で気管支鏡を行おうとしたら、全身の発汗、軽い嘔気、倦怠感。血糖は飴をなめた後でも五十一。回診後に脳外科のドクターと話し合っている時からすでにおかしかったのかもしれない。堂々巡りの説明をしていた。術後三カ月を過ぎてもこのざまだ。

この低血糖の時の気分というのはかなり不快で、それを予防するために飴玉をつねにポケットに入れ、机の下にも菓子を置いておくようになった。子どものようだ。

【二〇〇五年七月十八日】

右頸部のリンパ節が一cm大に腫脹。ついに転移した、という夢を見た。ついに来たか、という諦念だけ感じていたように思う。


【二〇〇五年七月十九日】

子どもたちの可愛らしい仕草を見ていると、あとどれくらいこれを見られるのだろうと思う。彼らがこの仕草をやらなくなる前に自分の目が閉じるのであろう。


【二〇〇五年八月一日】

フットサルの練習もほぼフルにできるようになり、かつ毎回の進歩もある。満足感も得られている。しかし、毎回脳裏を横切るのは、「一時はフットサルができるまでに回復したものの、病魔には克てず再発し……云々」という文句である。

体重は過去最低の六十六kg台。

〔T医師〕手術後、板橋は外来化学療法（経口抗癌剤治療）を受けながら、体力の回復に努めていた。六月からは病院のフットサルの練習に参加し始め、八月からは、Gサッカー部OBチーム（医学部サッカー部OBを中心としたクラブチームで、S市クラブリーグ三部に加盟）のキャプテンとして復活し、オールコートのサッカーにも、その勇姿をみせるようになった。リハビリに励んだことに加えて、手術前よりいくらか細くなった分、逆にキレが良くなったとみえ、主治医の心配をよそに縦横無尽に動き回った。ここから約一年間、板橋は進行胃癌であることを、本人も我々も忘れていたかのように、臨床を始めとして、学会活動や医学論文の作成に加え、研修医の指導に、さらにサッカーのプレーに最後の輝きをみせた。

【二〇〇五年八月一〇日】

家族で小樽と美瑛に行った。

死ぬ前に子どもたちに見せておきたい風景があるとの思い入れで企画したが見事に失敗した。彼らがまったく興味を示さないのだ。独りよがりにすぎなかった。自分にとっては最後の光景であっただろうが。

この時から二年が過ぎようとしているが、今になってみればこの北海道旅行もいい思い出である。前田真三という写真家が愛した丘の風景（自分がそれにのめりこんでしまった）を一度でいいから子どもたちに見せておきたい、という思い入れが強すぎた結果としての落胆だったのだ。この時はあと二年生きられるかどうかわからない、という悲愴感が強かったのだと思う。転移はあるかないかは不明、しかしそれがあるものとして闘わなければならない、標的ははっきりしないものの闇夜の中を歩いて行かなければならない、という状態は、今の（この時から二年後の）もう転移がはっきりしてそれに対して闘っている状況より、心理的な圧迫が強かったのだと思う。

子どもたちにとってはこの旅行は将来、どう思い出されるのであろう。いい思い出となってくれれば嬉しい。

【二〇〇五年九月二日】

『千の風になって』の本を見つけた。新井満の歌をラジオで聴いて以来、CDを時々探していたが、写真集を見つけた。

自分が死んだ時のために、妻と子どもたちのために買い、遺書と一緒にしておく。

しかし、まあ、辛くて、最後まで写真集を見ることはできなかったが。これが大ヒットしてしまった今では少し気恥ずかしくて遺品に入れるのは止めようかと迷っている。

【二〇〇五年九月十二日】

ここまで何もないと再発に脅えるようになる。初めの決心はどうなったのか。再発は覚悟の上でのことだったのに、何ともだらしのないことだ。

再発・転移を覚悟して辛い抗癌剤治療も受けているのに、敵の癌はなかなか姿を現さない。そうなると心のどこかに再発・転移はしていないのではないか、という甘言が聞えてくる。それが心に隙を作り、かえって再発が恐くなってくる。敵がそこにいると思ってそれと闘うつもりだったのに、敵はいない。でも、そのいないはずの敵が見えないところから襲ってくるかもしれないという疑心暗鬼が強まる。その恐怖に心が捕われてしまう。闘うのだと決意していた時の強い意思が恐怖によって揺らされる。

【二〇〇五年一〇月九日】

今度の化学療法は二年続く。朝・昼・夕・寝る前の四回内服だ。いつまでできることだろう。

〔G医師〕外科の主治医はこのころ、ティーエスワンの内服治療を六カ月間で休止し、フルツロンという別のフルオロウラシル系の経口抗癌剤に変更している。ティーエスワンの術後十二カ月投与が、胃癌の再発防止に有用である科学的証拠が公にされたのは、前述のとおり二〇〇七年のことであること、この時期までにティーエスワンの自覚的副作用が強かったことなどを考慮すると、臨床的に妥当な判断であったと思う。投与された量のフルツロンは、ティーエスワンに比べて副作用も軽かったらしく、この後の手記では実際の再発までの間、抗癌剤の副作用に関する記載が少ない。

【二〇〇五年一〇月二十一日】

自分があと数年で子どもたちと遊べなくなるのは運命だから仕方ないが、子どもたちが自分と会えなくなるのは不運なことだ。

自分の運命より妻子の運命というものをよく考える。彼らにとって自分は何なのか、自分の癌は何なのか。結論は出ない。心が痛む。いたたまれない。

【二〇〇五年一〇月二十九日】

東京でWさんと飲む。お世話になっている編集者だ。自分の五年生存率が三〇〜五〇%であることを話した。酔ったWさんに叱られた。弱気になるな、という励ましなのだろう。五年後にはもういないだろう、という現実は他人にとっても耐えられないことなのかもしれない。この手の話はすべきではなかった。Wさんの心情はありがたいが。

私は自分の状態についてオープンでありたい。とくに親しい人々には自分のことを知ってもらいたいし、嘘（結果的な嘘）はつきたくない。正直でありたい。死んでからでは取り返せない（あとから取り消して謝ることのできる方便としての嘘なら使うこともあるかもしれないが、自分は死んでしまい謝れないのである）。

しかしそれを聞かされるほうが、とくにWさんのようにナイーヴだと受け止められないのであろうことも容易に想像がつく。思えば今まで自分がオープンにしてきた相手のほとんどは医者か医療関係者であり、この手のこと——癌患者と話をすること、死ぬことについて想像すること——に慣れていた人々であった。しかしWさんは医療現場の人ではない。さぞかし驚き嘆き、お辛くあったであろう。悪いことをした。

一〇月二十九日、Wさんと別れてからまた考える。

大丈夫、という何の根拠もない思いより、五年生存率という統計的事実（それは「大丈夫」よりは固い基盤を持っている）に拠りかかるほうが気楽なのだ。不安感がない、というか。

Wさんの名誉のために追加。彼がこのような浅薄なないぐさめを口にしたわけではない。

【二〇〇五年十一月二十一日】

超音波検査で転移なし。

こう波風のない日が続くと、死の覚悟が風化してしまう。

【二〇〇五年十二月六日】

忘れているようで忘れていない。手術創から再発した夢を見た。

実はこれも癌の巧妙な手口なのではないかと思ってしまう。再発の徴候は検査では見つけられない。しかし癌は嗤っている。そして夢に出てくる。神経戦をしかけてくる。わざとわかるように尾行をしてくる。脅える。疲れる。萎える。

【二〇〇五年十二月三十一日】

覚悟ができていることと希望を捨てたこととは違うのだが、妻は理解してくれぬ。当事者でなければ理解不能なことかもしれぬが。

これは説明も難しい。理解してもらえないのは仕方がない。

死ぬ、いつか（近いうちに）死ぬ、癌で死ぬ（ヒトはいつか死ぬ、という意味ではなく、今のこの病気で死ぬのだ、という現実）という覚悟はしている。しかしそれは生きる希望を放棄したことではない、闘う気持ちは持っている。ごくごく確率は低いかもしれないが、一発逆転勝ちをねらっている（ねらう、というほどの確率——勝機ではないのだが）。

希望とは果たされない約束のこと、とは誰が言ったのだっけ？

パンドラが神様との約束を破って例の函を開けた時、一斉に悪魔たちが飛び出してきた。パンドラは慌てて函の蓋を閉じた。すると函の中からか弱い声が聞こえてくる。出して下さい、出して下さい、私は「希望」です。そこでパンドラは再び蓋を開けて「希望」も世の中に出してやった。だから今の世の中には悪魔もいるけど「希望」もある。幼い頃に読んだパンドラの函の逸話はこんな話だったように記憶している。

しかしこの時、パンドラが二度と蓋を開けることなく、「希望」を閉じ込めたままであったら人の世はどうなっていただろう。希望のない人生。しかし、果たされることの決してない約束も存在しない人生。「希望」も、悪魔のひとりだったのではないのか。

【二〇〇六年一月十七日】

このところ、不眠。数時間しか眠らぬこともある。翌日の昼頃、眠くなり一時間くらいうつらうつらとする。

【二〇〇六年二月四日】

再発・転移して症状はないものの抗癌剤が終了となる夢を見た。何とも言われぬ寂寥感であった。抗癌剤も支えになっているのか。

眠れないのも辛いが、夢を見るのも辛い。

抗癌剤も、「今までどおりの日常」との絆なのだ。これにすがって「今までどおりの日常」にぶら下がっている。しがみついているという感覚である。「今までどおりの日常」に戻る期待感のようなもの（その期待は叶えられないことは承知しているのだが）なのである。

【二〇〇六年二月九日】
大学医局時代の先輩が突然死した。自分より先に知人が死ぬとは思っていなかった。

この葬式は辛かった。近い将来の自分の姿、本番を決して見ることのない自分がリハーサルを眺めているようなものなのだ。

未亡人となられた奥様が、引退したら二人で世界遺産を巡る旅をしようと言っていたが果たされなかった、というようなことを話していた。果たされない約束。

〔N医師〕このとき、彼は葬儀に出席後、報告に来てくれた。亡くなった方は、彼にとっては医局の先輩であるし、私にとっても医局は違うがよく知っている同窓の先輩だ。このときだけは彼は深刻な表情で私にそのことを伝えに来てくれたが、彼が自分でも述懐しているように、葬儀に参列するのはつらかったはずだということは、容易に想像できた。一見健康に見える我々でも、年の若い人の葬儀に参列すると、自分にとってもそんなに先のことではないと思うものだ。いわんや、彼の場合は。葬儀から戻って、淡々と報告してくれたが、詳しい話などを聞き直す気にはなれず、遠いところまでご苦労さまとしか言えなかった。

【二〇〇六年四月三〇日】

転移は見つかっていない。

県の四〇歳以上のリーグのサッカーに一年ぶりに復帰した。走れないのは病気のせいよ

り年齢のせいか。
覚悟が風化してきているのは、よいことか悪いことか。

【二〇〇六年五月二十八日】
渡米して参加した学会でヴァンクーヴァー時代のボスと会う。彼も大腸癌。そして当時の私の同僚は悪性黒色腫で危うい状態である、と。

この同僚とは研究所に入った時期も同じで研究室の机も隣、一緒にサッカーもして仲がよかった。言葉がうまく通じない私を助けてくれもした。

しかし、今、彼に会いに行ったとして自分は彼に何を話せるだろう。自分も癌であって同病相憐れんだとしても何にもなりはしない。癌患者である自分でさえも、癌患者（彼）に対する言葉が見つからない。ましてや癌ではない自分の周辺の人々が、自分を腫れ物を扱うがごとく対処するのは無理からぬことなのである。

【二〇〇六年五月三十一日】

一年ぶりの胃カメラでびらんあり。

生検結果は陰性（癌の再発ではない）であった。

【二〇〇六年六月二十三日】

夏休みに家族でハワイに行くつもりであったが、長男が受験のための夏期講座を希望し、中止となった。各々の人生に重きを置くのは親離れするためにもいいことであろうが、来年までこの身が保つかどうかはまったくわからない。大きなイベントを組まなければ子と接することができぬ親も悪いのだが。

〔G医師〕きわめて個人的なことだが、彼の長男と私の長男は同学年で、同じ中学に通い、このころ同じ学習塾で同じ高校を目指していた。男同士だと親子の距離のとり方も難しくなってくる時期でもある。短い記載に、将来を見守れないかもしれない父親としての寂寥がにじみ、心が痛む。

【二〇〇六年八月十三日】

時々、食事中に強い胃部痛が起こる。局所再発したか。とすればほぼ the end で、検査を急ぐこともなかろう。

こうして化学療法を受けながら日々は過ぎていった。この一カ月後の九月十三日、ホンモノの再発が始まるのである。その経緯は「再発」に書いた。

V　最後の闘い

二〇〇六年九月から十一月にかけての再発騒ぎ（結局は再発であるという確診はなかったが、その後の経過からはもうこの時点での再発に間違いはない）から一カ月半後、症状がぶり返してくる。今度は痛みではなく嘔吐。食べられない。正確に言えば食べる（飲み込む）ことはできるが戻してしまうのである。

年末から発症したが、日記は二〇〇七年の一月二日からである。

【二〇〇七年一月二日】

吐く。食べられない。

再発だろう。今年いっぱいは無理か。子どもたちが小さいままで往くことになるか。

前回（九月〜十一月）のこともあって、この時はいろいろと検査を受ける前にもう再発である、と覚悟を決めた。痛みはいろいろな原因（癌以外の、例えば尿路結石でも）で起こるが、こうした連日の嘔吐は通過障害――手術したところかそれとは別のところかはわからないが、ものが通らなくなっている症状なので、再発か腸閉塞か、である。腸閉塞の所見はない（と自分では診断した）。癌が再発し、腸を狭くするか閉じるかして今の症状を起こしているのだ。

〔T医師〕ティーエスワンによる化学療法再開後、嘘のように背部痛は軽快し、しばらく無症状で経過していたが、十二月下旬から食後に時々吐くようになったと言って、一月に私の外来を訪れた。見た目には、元気そうで、採血データ上、異常は全く認めなかった。念のため、画像検査を勧めたが、板橋はもう少し様子を見たいと言って、以前と同様に病院勤務を続けた。さらに、以前にも増して精力的に学会活動や執筆をこなした。今にして思えば、板橋はこのころ既に再発の兆候を感じ取っていたのかもしれない。

〔G医師〕後の検査でわかるように、このときの症状は彼の判断のとおり、癌の腹膜再発によるものであった。胃癌切除後の胃と小腸の吻合部、その周囲の腹膜再発により、胃の出口（＝食物の通過路）が、狭窄したことによる症状である。この時期になると、早く診断してもこの後の病状には大きな変化はなかったのだろうが、なぜか、自覚症状の変化を彼は外科の主治医に二月の後半まで詳しく伝えていない。覚悟の上か、人に伝えることで事実が動かせないものになることを、彼といえども無意識に怖れたのだろうか。

【二〇〇七年一月四日】

自分ひとりが一喜一憂している。

慣れきった家族はまったく無頓着になっていて、その差が埋められないためひとりで回転している。

昨秋の時もはっきりとは結論が出なかったし、家族にしてみれば「またか」という思いもあったのだろう。

【二〇〇七年一月二〇日】

吐く。少ししか食べられず、食べた後に腹満感が強く、胃酸が逆流して胸やけがし、やがて吐く。吐くものが時にこげ茶色となる。吐血しているのかもしれない。

食間の胃部痛が、胃癌発症直前の痛みに似ている。

いよいよ再発か。

長男の受験が近い。何とか一カ月もってくれぬか。


〔N医師〕前年秋の水腎症で見つかった再発疑いの時期があったが、画像では再発を証明できるものがなく、症状も落ち着いた（これ自体が我々の常識からすれば奇跡に近いと思うが）ところで、経口抗癌剤を再開していたはずであることは知っていた。普通に仕事をしているのであるが、とにかく少しずつ痩せていくのは医局の誰もが気づいていた。昼食はカップヌードルしか食べなくなっていたのは秋も深まる頃からだった。そのとき、通過障害があるのかと尋ねることができなかった。時限爆弾の導火線が燃え続けているのに、少しずつ短くなっているのに何もできないように。年明けには著しい体重減少は医局の誰の目にも明らかだったが、主治医を外来受診するとき以外は何も彼は言わなかった。ただ、どうしても脱水気味になるのだろう、医局の長いすで昼間うたた寝をすることが増えていった。ここまで、苦しかったことを彼以外は知らない。


【二〇〇七年一月二十七日】

食事のたびに強い嘔気に襲われ時に吐く。食事が恐い。嫌うようになってきた。


【二〇〇七年一月二十八日】

食べるのが恐い。

昼食抜きで子どもたちと夕食に出た。ラーメン一杯を残した。帰ってきて吐いた。入らない、やせてゆく。

【二〇〇七年二月三日】
体重六十二kg。最低値だ。しかもどんどん減ってゆく。

【二〇〇七年二月五日】
とにかく吐く。二日に一回は吐く日だ。日中も夜もなく食後二時間しても吐く。辛い。食べても吸収されない。無駄をくり返している。意味のない食事だ。

【二〇〇七年二月十二日】
ついに六十一kg。

【二〇〇七年二月十四日】

今日は比較的食べられた。嘔気は強いが。しかし左の背中が痛い。またあの痛みに襲われるのか。暗澹たる気持ちになってくる。痛みの程度は軽いのに、もう負けている。


【二〇〇七年二月十八日】

昨日は毎食後吐いた。食べた分量より吐く分量のほうが多い。胃液が混じるからだ。そのせいか昨夜は割とよく眠れた。夜中の嘔気がなかった。

今日は調子がよいのかと思ったら、昼にざるそばを半分食べて吐いた。小腸以下へは、ものが行っていないのではないか。


【二〇〇七年二月二十七日】

昨日は朝食後、昼食後、夕食後と一日三回も吐いた。吐瀉するのである。大量に。こういう生活が死ぬまで続くのか。うんざりである。

【二〇〇七年三月三日】

朝食後、吐く。昼食はハンバーガー一個。夕食後、すべて吐き出す。一日ハンバーガー一個だ。体重はここ二カ月で三～四kg減った。六〇kgを切ろうとしている。

【二〇〇七年三月五日】

毎日吐く。これが俺の人生なのか。手術直後より十二kg少ない。

〔G医師〕この頃になると、彼の痩せ方の尋常でないことは一目でわかった。本人の症状申告からも、癌の腹膜再発であることは容易に予想できたが、CT（断層撮影）上は、残胃の拡張は著明なのに、その周囲に明らかな腫瘍（しこり）まではっきりと映らない。そこで、まずは、消化器科で胃内視鏡検査という運びになった。


【二〇〇七年三月七日】

ここ二日調子が悪く吐いてばかり（一日四〜五回）。二日で二kg減、五十八kgとなった。


【二〇〇七年三月九日】

調子の波に振り回されている。

例えば今日は朝から吐いてひどかった。もう人生を投げ出したくなった。先のことなんか考えられなかった。

ところが夜はよい。夕食も（寿司折りの三分の一だが）吐かない。酒も飲んでいる。先の学会発表のことを考えている。もっと本を読みたいと思っている。

【二〇〇七年三月一〇日】

一日中吐き続ける。

研究会の東京のホテルでも。

こんな時、ホテルが火事になっても逃げないで死を待つのではないかと思ってしまう。

今にしてみると（この時から二カ月半が経過している）ずいぶんと弱気になっている。今では毎日吐くことや、ホテルで吐くことや、毎食後に吐くことなどにはすっかり慣れてしまった。吐気や吐く時の不快感はもちろん今でも辛いが、こういうことが毎日続くことについてはもう受け容れてしまったのである。

【二〇〇七年三月十一日】

癌は忌み嫌われる。

妻は、自分の今の状態の話をすると避けて遠のいてしまう。

【二〇〇七年三月十三日】
長男が高校受験に合格。肩の荷が下りた感。ここまで生きた。
自身の胃カメラはまた失敗。約二十四時間絶食したのに残渣が多くて観察できず。再発か否かの判断が下らない。

今回は検査の話が日記に出てこないが、受診はしていたのである。胃カメラで手術部位近辺の通過の状態を確認しようとするのだが、普通の胃カメラの時のように前の晩から絶食しただけでは胃に物が残っていて観察不可能。この日は絶食期間を二十四時間に延長して再試行するも同じことで観察ができなかった。

またしても、再発かどうかよくわからない、という状態なのである。

〔G医師〕高校の合格発表日、彼の長男も私のほうも無事合格。廊下ですれ違ったときに、衰弱が目立つ彼の表情に久しぶりに曇りのない明るい笑顔が広がっていたような気がしたのは、私の感傷だったろうか。

【二〇〇七年三月二〇日】
食べられないため入院。二日間絶食し、点滴し、明後日、胃カメラ。

絶食の期間を四十八時間に延長することにしたわけである（入院してからはさらに胃にチューブを入れ、そこから機械的に胃液・残渣物を陰圧で持続吸引して排除する処置も行った。鼻から胃までチューブが入っている状態だと、さすがに眠れない）。

こうして再び入院。今回の入院は主として検査目的だから短いとしても、これからこうした入退院をくり返してゆくのだろう。

【二〇〇七年三月二十二日】
検査結果…胃癌腹膜転移（癌性腹膜炎）。
自分でも意外なほど落ち着いて告知を受けた。予想はしていなかったにもかかわらず（悪いほうの予測は残胃癌→再手術）。転移ではもはや手術はない。バイパス手術を受けて

も延命はなかろう。化学療法へ。

予後一年と言われる。

二年前の初めての告知の時も、この時もさほどショックは受けなかった。この時は癌性腹膜炎とまでは予測していなかったのにもかかわらず、また手術か、辛いな、くらいにしか思っていなかったら、手術ができる状態ではもはやない、というのが答だったのだ。

あまりに大きな衝撃のため反応できないのか、反応しないことで防御しているのか。

〔T医師〕二月に外来に来たときには、食後に嘔吐する回数が増え、若干体重も減ってきていた。胃内視鏡検査をしたところ、残胃に食物残渣が大量に残っていたため、はっきりとした診断ができなかった。入院して精査を勧めたが、板橋はどうしても出席しなくてはならない学会の発表があるからと言って、入院を断った。この頃、どうやら板橋は胃癌の再発に気づいており、再発と診断されれば、仕事が継続できなくなるのを恐れていたのだと思う。自分が生きたことの証として、業績を残すことを、治療よりも優先させたのだろう。

三月に消化管造影と胃内視鏡、CT検査を行ったところ、胃癌の再発がはっきり確認された。CT検査上、残胃と吻合部の周囲の組織が、再発腫瘤として描出され、そのために残胃から食物が流出しないことが示された。最も恐れていた、癌性腹膜炎による再発であった。再手術はほぼ不可能で、再発癌に対する抗癌剤治療しか延命の可能性はないことを、板橋と奥さまに告知した。板橋は、既に覚悟していたようで、再発を冷静に受け止めていたが、奥さまは、事態の深刻さに、涙をこらえきれなかった。これからどれくらい持ちますか？という板橋の問いに、私は、これからの抗癌剤治療がうまく効果があがればあと一年くらい、と答えた。実際に、進行再発胃癌での平均余命は一年程度だが、昨年一〇月に再発していたと仮定すると、その時点から一年持つ可能性は少なく、残された余命は六カ月くらいであった。しかし、あと六カ月と宣告されるのと一年と宣告されるのでは、本人にとって残された時間に対する印象はあまりにも大きいように感じた。板橋の余命に関して、私は結果的に、真実を伝えなかったことになるが、板橋は私のこの嘘を許してくれただろうか?

〔G医師〕検査の結果は、我々が予想した以上に深刻であった。胃内視鏡では胃小腸吻合部の内腔がまったく見えない状態であり、続いて行われた胃の造影検査(造影剤を胃内に注入してレントゲン撮影を行う検査)では、造影剤は胃の中に溜まったまま、全く小腸に流れていかない。つまり、吻合部の完全閉塞である。彼にもその画像は見てもらっての説明になったのだが、彼は淡々と受け止めているようだった。このときの写真で判断すると、食物はおろか、水分もほとんど小腸には流れておらず、口から摂取していてもそのほとんどを嘔吐していたはずだ。この時点では、新たな抗癌剤による癌治療もさることながら、まずは点滴によって体に水分や電解質を投与して、脱水の進行を防ぐことが最優先の直近の目標となった。

通過障害に対してこの時期に積極的に行いうる手技があったとすれば内視鏡的な消化管ステント、つまり狭窄部に金属メッシュの筒を挿入し、食物の通過ルートとすることであったかもしれない。しかし、造影による狭窄部はかなりの距離を伴っていたし、消化管穿孔や挿入後の腹痛の増強などのリスクも考慮しなければならなかった。患者自身との相談で、それを行う可能性は早期に棄却された。もし、実施していたらどうだったろうか。同一の患者に複数の道筋を選択できないことは、残された時間との闘いでもある進行癌治療の場合には時に心残りにもなる。

【二〇〇七年三月二十三日】

衝撃のなさは無意識の防御反応か。

いよいよ身辺整理へ。

夜、J大のK先生（教授）より一緒に仕事をしないかという電話が入る。そういう道もあったんだなあと思う。事情を話してお断りする。あまり残念な気持ちはない。心が麻痺しているのか。これもまた運命。

この話は後に後輩に譲ることができた。K先生はヴァンクーヴァー以来お世話になっている方だし、この後輩も自信をもって推薦できる人間なのでよかった。

自分がこの道を選べることができれば（そういう時にこの道を選んだかどうかはわからないが）また違った人生があったであろうが、もはや考えても仕方ないことである。自分の人生はこれしかなく、これでしかないのである。

【二〇〇七年三月二十五日】
死ぬまでどれくらいの本を読めるだろう。読みたいものが多くある。

〈N医師〉検査のために入院するとき、必ず私は病室に顔を出す。いつも彼は読書していたり、あるいは論文を読んでいたりする。座右には沢山の本が積んであった。彼は本当に読書家だったんだとあらためて知るが、癌性腹膜炎の診断がついてからもそれはずっと同じだった。決して、宗教的な本を読んでいるところをみたことがなかった。いつも小説などを読んでいた。生きてる間は前進する、というようなそんな単純な言葉で片づけられない、とてつもない彼の強さをいつも感じていたが、自分ならば何をするのか？ と自問したときに答えはもちろん出せるはずもなかった。

【二〇〇七年三月二十六日】

いつのまにか結婚指輪を失くしていた。はめてから指が太くなって外れなかったのに、ここのところの体重減で指まで細くなり、いつのまにか落ちてしまったらしい。
昨夜、妻がかわいそうで泣いた。結局、しあわせにしてやれなかった。
今日は事務部長と今後のことを話している時に、末っ子のことを思い泣いてしまった。
転移を知った時はショックで感覚が麻痺していたのが覚めてきたのだろうか。

〔N医師〕事務部長から彼が今後のことを話しているとき泣きながら話してい

たことを聞いた。結局、最後の最後まで彼は私の前では涙を流すことがなかった。私が困らないように、という彼の最大限の思いやりだと思うが、その優しさはまた心に突き刺さって、それでいて反応することができない。小学生の息子さんに自分が弱っているところをなるべく見せたくないので、と説明してくれたときに最初で最後だと思うが、私の前で少しだけ目頭が潤んでいた。

【二〇〇七年三月二十八日】
術後三回目の入院。
もう食べて栄養を摂ることは不可能で、中心静脈栄養が始まる。抗癌剤を開始の予定。

私の場合はこの中心静脈栄養はずっと続く。入院中のある期間だけ行うのではなく、退院後もこの点滴を自宅で行うのである。そこで中心静脈に入ったカテーテルの体表側に、外から（皮膚面から）針を刺せる小さな袋状のものを皮下に埋め込み、高カロリー輸液を点滴する時にはここに自分で針を刺すように細工してもらった。

〔T医師〕化学療法のための、中心静脈ポートが植え込まれ、週一回の外来化学療法が始まった。これからは、腫瘍内科のG先生に担当を引き継ぐことになった。日一日とやつれていき、頭髪がみるみるなくなっていくのがわかった。本来なら、自宅療養すべきところを、板橋は、癌と闘っている自分の存在を我々に誇示するかのように、毎日数時間は医局に来て、仕事を継続していた。私は何と言葉をかけていいか迷ったが、体調はどうだ、と尋ねると、少し腹がはるけど大丈夫です、と答えていた。もはや経口摂取は全く不可能となり、完全中心静脈栄養となっていた。抗癌剤の点滴を受けた後は、さすがに堪えるようで、病棟の個室で半日ほど休まなくてはならなかった。板橋が日に日にやつれていく様子をみるのはなによりつらく、執刀医としての責任を痛感させられた。医局のソファに身体を横たえていた板橋に対して、励ましの声をかけようとしたものの、何と言ったらいいか言葉が浮かばず、ただ近くを通りすぎていくだけの自分が心底情けなかった。

〔G医師〕中心静脈栄養とは、鎖骨の下の血管からカテーテルという細いチューブを心臓の近くの太い静脈に送り込んで、そこで留置し（抜かないで入れたままにしておくこと）、点滴のルートとして用いることである。腕などの細い血管からだと浸透圧の関係などで投与ができない高濃度のブドウ糖やアミノ酸、電解質輸液などが行え、消化管（胃腸）から栄養や水分が吸収できない患者の栄養管理に用いられる。食事の代わりの点滴栄養になりうるのはこの方法による必要があり、普通の腕からの点滴では、せいぜいスポーツ飲料程度の栄養しか入れられない。進行した癌患者さんで、中心静脈栄養によるサポートが延命や生活の質の改善にどれだけ役に立つのかは、状況によっては議論があるところで、有用性に乏しいとの医学的見解もありうる。しかし、彼の病状は、胃小腸吻合部の閉塞以外には、癌は全身に広がっているとまではいえず、今後の闘病と引き続いての就労の意思がはっきりしていたため、栄養サポートのための中心静脈栄養は必須であった。
追記にあるとおり、その際にポートという、小さい（直径二cmくらい）の点滴のボタン（大雑把に言えばゴムボールに空気を入れるときの「へそ」のようなもの）を胸部の皮膚の下に埋め込むことによって、必要時のみにポートから針をさして、それ以外の時間は点滴のカテーテルを体外にぶら下げることを避けている。こうすることによって点滴をしていないときには、入浴も普通に可能だし、少なくとも外見的にはまったく普通に日常の生活を送れる。

三月二十八日、続く。

勉強を続けている。
今回の転移で、今まで毎日してきた勉強（医学雑誌読み）をやめて読みたい本を読もうとも思ったが、思い直して続けている。部分的とはいえ復職して現役を続行するつもりだし、それには責任がついてくる。最新の医学知識を獲得しベストの医療をするようにしなければならない。

それにここで投げてしまっては病に対してギブアップすることになる。負けるとわかっていても闘うことは大切なことだ。

〔N医師〕最新の情報を最後まで勉強していた彼には、本当はぎりぎりまで診療してほしかったが、最後はそれもかなわなかった。誰もがまねできないプロ意識を持った医者である。

【二〇〇七年三月二十九日】

こうなるともう闘いではなく抵抗にすぎないが、それでも抵抗することに価値を見い出そう。

【二〇〇七年三月三〇日】

抗癌剤開始。今度は注射で。

〔G医師〕この時点で、患者自身と相談のうえで選択したのはタキソール（パクリタキセル）という注射薬であった。一次治療（彼の場合はティーエスワン）が無効であった胃癌患者の治療では広く用いられている。タキソールが二次治療として有効（生存期間を延長する）であるという確固とした科学的根拠は論文としてまとまっているわけではないのだが、臨床の現場ではしばしば効果を示すことが知られている。スケジュールとしては一週間に一回の点滴を三回続けて、四週目には休薬するというのが一般的で、彼の場合もそのとおりの投与予定とした。

予想される副作用としては、抗癌剤投与に一般的な、一時的な食欲不振や、吐気のほか、程度の強い脱毛や末梢神経障害（手足のしびれ）などがあげられるが、他の注射薬抗癌剤に比べると比較的副作用が少なく、板橋のこの時点での体力（体重減少と経口摂取不能）を考えても、望ましい（あるいは唯一、実施可能な）選択であると考えた。

【二〇〇七年三月三十一日】

もちろん気のせいだが、少し嘔吐が減ったようにも思う。

しかし、これは抗癌剤の効果かもしれない。それを期待してもいいのだが、気のせいと思おうとしているのは裏切られた時に恐いからだ。明日には元の状態に戻っているかもしれない。そうであれば初めから気のせいと思っていたほうががっかりしない、というわけだ。これも防御反応なのだろうが、闘いの最中で、しかも勝ちめはないのだ。防御することもあるまい。

【二〇〇七年四月二日】

昨日からほとんど吐かなくなった。

こうなると心がすぐに反応してしまう。また食べられるようになる、また運動ができるようになる、もう少し生きられる（この順の確率か）という希望。

希望とは果たされない約束である、とはうまいことを言ったものである。

【二〇〇七年四月四日】

家族で温泉旅行に来た。海の見える温泉を選んだ。最後の旅行という悲愴感はない。子どもたちの前でそれを表すのもおかしい。

大浴場で海を見ながら湯に浸かり、過去や人生を考えた。悪くはない人生であった。もう一度やれても、同じ人生を歩むであろう。大きな悔いはない（幼い子を残していくことなどを除けば）。

夜中に目覚めて（このところ不眠が強い）家族の寝顔を見る。安心する。自分がいなくても大丈夫だろうという気持ちになる。妻に深謝。

【二〇〇七年四月五日】

朝風呂で再び海を見る。これでおしまいだ。旅行や温泉や海とお別れ。かもめが羽ばたかずに羽を広げて滑空している。風をつかまえることに熱中できるのもいいか。生まれ変われるならかもめかな。

体調は再びかなり悪くなった。昨日、今日と食べた物をほとんどすべて吐いている。IVHを行っていても体重減は止まらない。五十五kg。臀部の肉がなくなり、固いベンチに座るのが辛い。

この症状の判断は難しい。癌が進行しての症状なのか、抗癌剤の副作用なのか、区別がつけられぬ。吐くのも抗癌剤の副作用かもしれないが、抗癌剤を受けるより以前から頻回に吐いていたのだ、原病か副作用かの区別はつかない。

【二〇〇七年四月六日】
二回目の化学療法。

化学療法の主治医のG先生の話しぶりでは、とてもうまくいってPR（部分的寛解）、うまくいけばNC（変化なし現状維持）だそうで、やはり先は暗い（ない）。どうも化学療法が効くような期待を自分は持ちすぎている。自分の温度を現実に合わせなければ。

化学療法後、数日間調子がよいのは、制吐のために入れるステロイドのためであろう、とのこと。浮腫をとるばかりでなく、多幸感も誘導するし。

なんだ、そんなことであったのか。

〔G医師〕通常、点滴による抗癌剤投与は外来化学療法室という、外来部門の専用室で行う。当院では六床のベッドが用意され、通院中の患者さんの化学療法が毎日行われている。しかし、彼の場合は自ら診療業務を行いながらの治療であったし、彼が担当している患者さんたちの視線も考慮しなければならないため、実際の治療は午後の時間に病棟の個室の一室を用いて行っていた。病室は腫瘍内科病棟の端に位置する個室である。このときの会話は、その個室のベッドサイドのソファにすわって、改めて今後のスケジュールや予想される効果について、本人の認識や期待を確認しながら進んだと記憶している。

実は、この時期から二次化学療法と全身支持療法を担当し始めた私は、彼自身の闘病意欲、予後（予測される余命）の認識と、実際の病状とのずれを感じており、今後の生活設計（仕事や家族との時間の過ごし方）を考えるときには、それを早めに修正しておくことも必要だと考えていた。この闘病記の全体を通じて、時に揺れ動く気持ちのなかで、彼は「勝ち目の薄い闘い」と自ら位置づけているが、おそらくこの時期、これから一年以上（おそらく二年程度は）その闘いを続けるつもりでいるように私には思えた。私としては、タキソールが無効なら残された時間は、六カ月以内と判断していた。

もちろん、一回目の治療の前にも、治療の内容と目標の説明はしていたのだが、三月に病状が明らかになってから、中心静脈ポートや在宅点滴の開始まで、あわただしくさまざまな医療行為の説明とその実施が立て続いたため、抗癌剤治療が軌道に乗り始めた今、これからの病状の予想や治療の目的について、改めてゆっくりと時間をとって確認しておくのが適切だろうと判断した。私のこの時の説明は要約すれば、以下の三点であった。

第一に、現在の治療（二次治療のタキソール）の目標は、癌の進行をできるだけ抑え、できるだけ長く日常生活を維持することにあること。

第二に、局所に進行した癌（胃小腸吻合部の狭窄）に著効が得られれば、食物の通過障害などが軽快する可能性も皆無ではないが、過度の期待はできない（むしろ可能性は少ない）こと。

第三に再発が明らかとなった現時点での癌薬物療法は、利益（症状の軽減と延命）が不利益（倦怠感や白血球減少などの副作用）を上回ると判断される限り継続されるが、その逆の場合は継続を勧められないこと。

こういう場合の説明は通常、多くは家族も交えて、医学的用語を一般の人にわかるように噛み砕きながら、一時間近くの時間をかけて進めることが多い。

ただ、彼の場合は、自分ひとりで病状と治療内容を聞くことを希望していたし、自ら優秀な医師である患者は一を言えば十を知る感じだった。私としては彼の反応をうかがいながら、ときどき話の流れを止めながらの会話だったが、それでもほんの十五分くらいで一通りの説明が終わったと記憶している。短い時間だが、いつにない緊張を強いられる時間だった。

M県南部の町の郊外に位置する当院の個室病室の比較的広めに取ってある採光の窓は、Z連峰の麓に広がる水田を見下ろしていた。田植えにはまだ早く、目にしみる緑は少ないものの、柔らかな早春の大気の粒子に乱反射する光が明るく病室を満していた午後だ。彼は自分の手元近くに落とした視線を、話のポイントに差し掛かると私の目に合わせるように上げながら、終始平静な様子で説明を聞いていた。

ただ、タキソールを投与してすぐに、体調がよくなった気がするという彼の話に、私がそれは仮にあったとしても、抗癌剤の効果として解釈するのは早急すぎるかもしれない。前処置薬のデカドロンの副次的な作用かも知れないね

（この場合には抗癌剤のアレルギーや吐気の副作用を防止する目的で使用しているが、副腎皮質ホルモンであるデカドロンには、さまざまな炎症を強力に押さえ込む薬効があり、胃小腸狭窄部のむくみを軽減している可能性があった）、と説明したときにわずかに表情が動いた。手記にあるように、「なんだ、そんなことか」と落胆する気持ちはもちろんあったのだろうが、その瞬間の表情は、臨床医として「なるほど、それなら得心が行く」というような頷き方のようにも見えた。

この局面で、患者の期待を否定するかもしれない正直な説明が良いのかどうかは私にも本当のところはわからない。しかし、偽の期待でその場をしのいでも信頼関係は続かない。彼の場合に限らず、患者の気持ちに配慮しながらもできるだけ正確な説明をするのが私たち腫瘍内科医の役目だとも思う。余命に関しては、どのくらい期待できるかという彼の問いに、「それを今、正確に予想することは困難だが、一次治療が無効で同様の治療を受けている方で、一年以上治療を継続している患者さんが自分の外来に数人通院している事実はある」とのみ答えた。それ以上は、彼も問わなかった。

彼自身は現状をおよそ正確に理解しただろうが、それは家族（妻）にどのように伝わるのだろうか。病状がこれ以上悪化する前に、彼の許可を得て、ご家族と面談しなければならない。部屋のドアを閉めながら最後にそう考えたことを覚えている。


【二〇〇七年四月七日】

デパートで服や靴が目に入ると、今買ってももう着ることはないのだと思う。あと少ししか生きられないことが不思議な感じがする。死ぬことも生きていることも不思議だ。

今回の化学療法（ステロイド）の効果はもう切れた。翌日（今日のこと）の昼から食後にすぐ吐くようになった。

【二〇〇七年四月九日】

夕焼け雲が美しい。この美しい風景はくり返されていくのに、それを感じる自分がやがていなくなることが不思議な感じだ。


【二〇〇七年四月一〇日】

あまり時間がないので、妻ともっとコミュニケーションをとりたいと思う。しかし彼女はそれを望んでいない。

そういう余裕がもはやないのだ、と言う。また、そうした関係ができればできるほど喪失の時のショックが大きくなることも恐れている。遺される者の防衛反応なのだろう。彼らは生き続けなければならないのだから。

【二〇〇七年四月十一日】

古いアルバムで約一〇年前の子どもたちや妻の笑顔を見て涙が滲んだ。幸せな人生であった。感謝。


【二〇〇七年四月十五日】

家族で花見。最後の桜である。さりとて、大きな感慨はない。死んでゆくことがまだ半信半疑なのか。


【二〇〇七年四月十六日】

脱毛が著しい。頭皮も痛いが、これは教科書には書いていなかった新発見である。

昨秋の尿管閉塞の時は耐え難い痛みが主な症状だったためか、症状の強さが戦意を奪うようなところがあったが、今回は違う。くり返す嘔吐は辛いが、だからとて敗北を認める気にはなれない。

今回は転移であることがはっきりしていることもあってか、症状よりは化学療法の結果（効果）が闘争心の対象となっている。吐きながら結果を待っている。

癌はさまざまな手で巧妙に闘いをしかけてくる。今は兵糧攻めか。

〔G医師〕彼のようなプロの自己観察者を患者として担当する経験は腫瘍内科医にも少ない。抗癌剤の脱毛に伴い頭皮が痛いという症例は、私もいままで、あまり経験がなかった。患者は医師にも語らない多くを耐えているのだろうか。

【二〇〇七年四月十七日】

毎食後に嘔吐する状態に戻ってしまった。抗癌剤を三回受けて髪は抜けていくが。

〔G医師〕効果が表れるまで六回くらいの投与を待たなければならない症例も多いので、明らかな悪化でない限り、担当医もまだあきらめてはいない。ただ、この時点で劇的な効果がないことは確かで、長期の延命の可能性は少なくなっていたことに違いはない。

【二〇〇七年四月十八日】

医師として（職業人として）ほぼピークにあろうという時期に、なたで叩き切られるようにキャリアを終えることになる。惜しい気もする（もう少しピークを維持できて仕事ができただろう）し、これでよいのかもしれぬ、とも思う。

こういった思いは医師という職業に関係しているのだと思う。

昨今の医療訴訟や警察の動きを見ていると、明らかな医療ミスもあるが、注意しても防ぎきれない事態まで医師の人為的ミスとして扱われ報道されている。こうなると明日は我が身である。そういう理不尽で納得できない訴訟に巻き込まれるよりは何かの理由でキャリアが終わってしまうことも受け容れざるを得ないか、とも思う。まだまだ人を救えるとは思っている。しかし、どうしても救えなかったことで責められるこの頃の医師を見ていると、もうおしまいにしよう、と言いたくなる。

【二〇〇七年四月十九日】

癌は巧みに闘いを仕かけてくる。

一昨日、昨日と嘔吐がひどく、化学療法前の状態に戻り、戦意を失いつつあったが、今日はよい。こうしてまた闘いの場に引きずり出されるわけだ。

相手は長期戦に長けている。

「患者よ、癌と闘うな」と言った医師もいるが、好んで闘っているわけでもない。戦場に引っ張り出されるのだ。眼前の、自分に襲いかかってくる敵なのだ。

〔G医師〕『患者よ、癌と闘うな』は一九九六年に、一般向けの医療エッセイとしてベストセラーになった書籍である。著者は近藤誠氏、放射線治療医である。確かにその頃の抗癌剤治療の成績は現在と比べてもかなり低いものであったし、一方で放射線治療は、標的さえ定めれば一定の効果が期待できる治療であった。本書の趣旨の一つは、抗癌剤治療や免疫療法に比較して、放射線治療の意義が不当に低く評価されているとの主張にあったのだろう。しかし、抗癌剤治療や外科手術の目的や成績に対する明らかな誤認もあったし、そのセンセーショナルな表題が注目されただけに、私たち癌治療医には釈然としない思いがあった。何より板橋が言うとおり、誰も好んで闘いに参加するわけではない。わずかでも闘う道筋、根拠に基づくその道筋があるなら、その可能性を示し、ともに歩むことも医療者の役割だ。それから一〇数年、いまだ不十分ではあるが、癌薬物療法にもさまざまな新しい武器（新規薬剤）が加わり、治療をサポートする道も広くなった。それとともに、多くの病院で腫瘍内科医、外科医、放射線科治療医、緩和治療医、コメディカルスタッフなどのオンコロジーチームが形成されつつあることは隔世の感がある。この『患者よ、癌と闘うな』には、いずれ反論を体系的にまとめたいと思い続けているが、すでにさまざまな一般向けの啓蒙書もある。とはいえ板橋個人の闘いはきびしい局面に向かっていたことは否定できない。また、進行癌に立ち向かいながら生きる患者の道筋を「闘い」と位置づけるかどうかは、患者自身がおのずから選ぶ態度なのだろう。しかしまぎれもなく、彼は彼らしい闘いの最中にあった。

【二〇〇七年四月二〇日】

長男には余命のことは告げてある。

その長男が妻に言ったそうだ。今までパパが仕事であまり家にいなかったのは、こうしたことが起こることの練習——ぼくたちがパパなしで生きていく練習だったのかもね。

〔G医師〕前述のとおり、彼の長男は私の長男と同学年である。まだまだ子どもだと思っているのは、私も含めて親のほうの甘えなのかもしれない。窮地に立つと十五歳の少年は皆、彼のように物事の核心を捉えて自分なりの整理をして前を向くことができるのだろうか。封建時代なら元服の年頃である。物質的な不自由を感じることは少ない一方で、複雑な情報社会の中で翻弄される少年たちも、運命に立ち向かうときに成長していくという人間の本質は今も不変なのかも知れない。

【二〇〇七年四月二十一日】

旧友と会って飲む。

今の事態を手紙で知らせたら来てくれた。

酒は飲める。死んでゆくことの不思議をたびたび感じる。

本当に不思議な感じなのである。どう表現してよいか、ふわふわと浮いているような感じ、とでも言うか。現実感がない。癌であり進行期であり、余命が限られていて、死は確実にやってくるのは理解しているが、しかし本当に受け止めていない、ということなのか。世界が現実に見えない。実在感がない、と言うか。

〔G医師〕彼は、このころ人前では昼食も食べていたし（カップラーメンをすすったりしていた）、会食では酒も飲んでいた。実際には術後の胃小腸吻合部はほぼ完全閉塞していたのだし、食物は結果としてすべて嘔吐するはずだ。そのことはもちろん何度も彼に説明し、無理な経口摂取は勧められないと説明したのだが、それでも食べることや人と普通に会食することを彼は望んでいた。食べて吐くことを繰り返す間に、術後の残胃は胃壁が慢性的に伸展し、常に巨大に拡張していた。そのため、その日の体調によっては丸一日分の食事を一時的に溜め込むことが可能だったかもしれない。その代償として翌日は嘔吐し続けることになるのだが。

【二〇〇七年四月二十二日】

死ぬことは人生最後の大仕事だ。よい死に方をしよう。

癌で死ぬのはよいのかもしれない。事故や脳卒中や心筋梗塞であっという間に死んでしまうよりも準備ができる。

抗癌剤は効いていない。数時間ごとに吐く。今日、吐きながら初めて涙が滲んだ。

【二〇〇七年四月二十四日】

癌は慢性の死なのである。

「死ぬこと」「死んでゆくこと」が半年から一年続くわけだ。

死ぬ、ということは、心臓が前後の拍動を打って止まることではない。それの、ずっと以前から始まっている。人は死んでゆくのである（死ぬ、という形の一瞬の死もあるが）。病癌にならなければ、医者でありながらこの重大なことに気がつかなかったであろう。病気になって時間をかけて死んでゆく。不治の病（癌だけとは限らない）になった（わかった）その時から、人は死に始める。ゆっくりと時間をかけて死んでゆく。死の瞬間まで、死に続ける。

〔G医師〕癌医療を生業とする以上、私も「癌」で死ぬことの意味を問い続けている。病気であろうとなかろうと人間は生まれた瞬間から常に死に向かって歩んでいるはずだが、「死」から「生」を還相して日常生活を送っている者もあるまい。ただし、よく考え抜けば、この「死」の意識、言い換えれば、有限の時間の意識、「過去があり、現在を生き、未来を生きて終わりもある」という自己意識のみが人間をその他の生物と決定的に分けている、いわば人間の生の定義とも言えそうだ。その意味で、癌で死ぬのは良いかもしれない、とは根源的な生のあり方を生きていることの表明ではないか。十分に苦しいあり方でもあろうし、その生き方を彼は「ゆっくりと死に続ける」とここで逆説的に表現している。逆説は健康なときから、時に彼の強烈な知性の表現技法のひとつであった。しかし、この手記もこの頃の彼の生活も、その言葉を裏切って、むしろ最後まで毅然と生き続けた実相の証明に他なるまい。

【二〇〇七年四月二十六日】

化学療法が一クール終了してCTを受けた。

結果は、胃近くの腫瘤はやや縮小傾向がありそう、しかし十二指腸が拡張しているようだ、と。十二指腸の拡張は胆汁・膵液の流れが障害されていることを意味し、別な場所の腹膜転移が考えられる。

さらにこの膵液うっ滞で将来急性膵炎を発症する可能性があり、その時は手術も必要となろう、とのことであった。

萎える。

この手術は生存のための手術にはならない。単なる延命である。手術がうまくいっても三カ月の延命ということだ。どこに手術を受ける意義がある？　それなら妻や子どもたちに金を多く遺していくほうがよかろう。

子どもたちと過ごす時間を作るために延命も意味がある、と言われる。しかし術後に入院生活が続くとなれば面会時間も限られ、実際に彼らと過ごす時間にはならない。子どもたちにしてみればパパと過ごす時間とは、例えば一緒に温泉に行くとか一緒にキャッチボールをするとか、そういう状態にならないのであれば手術や延命にその意味はない。

彼らはやがて巣立ち、自分はいずれいなくなる。少なくとも経済的に彼らが苦しまないようにしてやりたい。

自分にとってみれば彼らと過ごす僅かな時間よりも彼らの将来のほうがより大切なのだ。

手術を受けたとして、術後に回復していく気力は残っているだろうか。

闘争心を失いつつある。

今は金を遺す、という目標があって体にむちを打っている。稼げない体になった時、何を支えにするのだろう。

〔G医師〕「化学療法が一クール終了した」とは、毎週一回投与のタキソールが三回終了したことを意味している。毎週一回投与の場合、三回（三週間）投与後に一週間は休薬期間を設けている。副作用からの回復のための期間である。この時のCTは、撮影後すぐに放射線読影医とともに詳細に検討した。もともと腹膜再発の胃小腸狭窄部も腫瘍（しこり）としては指摘しにくい病変であったが、化学療法前のCTと比較すると、その部分の腸壁周囲の肥厚はやや縮小しているように見えた。ただし、その先の十二指腸が拡張している。その部分も腫瘍としては指摘しにくいのだが、経過から言うと胃よりもう少し先の部分の小腸周囲の腹膜病変が悪化している可能性が考えられた。この部分の悪化は、胆汁や膵液の流出障害につながりやすい。医学的には輸入脚症候群というのだが、この辺の事情は、医師でも消化器外科医や消化器内科医、腫瘍内科医以外には簡単には伝わりにくい。本書の読者にうまく伝える自信はあまりないのだが試みてみよう。

板橋の受けた胃の手術術式では胃の下三分の二を切除後に、残った上三分の一の胃と小腸をつないでいる。そのつなぎ方だが、専門的にルーワイ吻合と呼ばれる方法で、胃からの直接の出口である十二指腸は胃に直接につながずに小腸側につなぎ、別の部分の小腸の一部を胃につないでいる。つまり、二箇所でつないでいることになる。少し複雑な手術になるが、そのほうが胃切除後の長期の合併症が少なく、患者さんのメリットが大きいという当院外科チーム判断である。全国的にも胃癌の多くの手術で選択されている標準的な術式の一つだ。

このときに再発が疑われたのは、その十二指腸と小腸をつないでいる部分の周囲の腹膜である。おそらく、そこが狭くなっているために、十二指腸が拡張して、胆汁や膵液が溜まり始めている。くりかえすが、この場合、十二指腸は胃と直接つながってはいないので、拡張している内容物は食物ではない。盲端になっている十二指腸に膵液や胆汁が溜まっているのだ。その病態が高じて十二指腸の内圧があがると急性膵炎などの激烈な炎症を起こす可能性もある。彼に説明したのは、この輸入脚症候群についてである。万一、それが生じたときの心構えと対策について相談しておかなければならない。無論、手術は根本的な治療法ではないし、そのときに開腹手術を行える体力が患者に残されているかどうかも不明だ。しかし、それが発症した場合には、癌性疼痛とは異なる性質の腹部炎症による激痛が予想される。あるいは十二指腸の圧を下げるための手術を検討しなければならない局面もありうると考えた。さらに、その緊急手術が必要となった場合、この病院で施行するのはまずかろうという判断も動いた。医学的な判断というより、療養上の都合である。彼の自宅はS市にあり、この病院までは車で四〇～五〇分の道のりだ。前回の胃癌の予定手術は良いとして、今度の手術がもし必要になれば、術後に順調に退院できるとは限らない。看病に付き添う家族の便宜を考えると、手術が必要ならばS市内の病院（この場合は私や院長が頼みやすい大学病院を想定していた）で行うのがよいと考えた。

会話は、いつもの個室で、当初は淡々と上記の病状の説明が続いた。呼吸器科が専門の彼には病態そのものになじみが薄いらしく、図を描きながらの私の説明にいちいちうなずいていた。しかし、話が緊急手術の可能性に及ぶと、彼は、少し語気を強めて、「その手術は意味があるとは思えない。それにかかる費用のことを考えたら無駄な治療じゃないですか。そこまでコストをかけての延命に何か意味があると思いますか」と反論した。そうか、そう判断するか、と思いながら、会話を続けたのが、「家族と過ごす時間を確保するための延命、云々」のくだりである。手術適応の可能性はむしろ必要な疼痛緩和のための一手段の説明のつもりだったのだが、会話の流れは延命の意味づけに変化していた。

余談だが、板橋と私は病院の幹部職員として、さまざまな会議で病院の運営に関して互いに意見を交わした。時として未消化なまま観念的な持論（あるべき論）を持ち出す私に対して、彼は生粋の科学者らしいデータに基づく現実論で批判的な吟味を展開した。互いに弁は立つほうなので、議論は時に白熱した。今では、懐かしい思い出である。この時の会話にはそういった議論のときの一種の緊張があったと記憶している。

この時の会話で、「家族と過ごす時間」に言及したのは、担当医としての計画された説明というよりは、自分自身が同じ世代の子を持つ親としての情緒論に流れた結果だったろうか。「そのコストは家族のために遺す金にしたい」と、彼の反論を直接聞きながら、自分の認識の甘さを突かれた気がした。そうか、こいつはそこまで覚悟して闘っているのか、だからこそ今でも平静に仕事に向えるのか、と衝撃を受けた。時間との闘いを現実として見据えているのは当然、彼自身の方であった。

この手記を読み直しながら、当時の会話の抑揚を思い出す。そして、私が患者(たとえば肺癌の)で、彼が担当医だったらどうだったろうかとも思う。観念の遊びに過ぎないよと彼に皮肉られそうだが。

いずれにせよ、彼はこの先も痛んでゆく体にむちをうつように闘いを続ける。それが宿命を生きることだと言いたげに。

【二〇〇七年四月二十七日】

先ではなく今だけを見て闘うとは思うが……。

効いていない。

数時間ごとに吐く。

体のことを隠して、講演の仕事を引き受けている。いつまでできるかわからないが、できるだけ稼ぐのだ。

吐血か。

今朝から心窩部痛が強く、夕方から吐物が黒くなった。しかし、明日は運動会とプロ野球の観戦がある。子どもたちが楽しみにしている。

〔N医師〕本当に彼はぎりぎりまで講演をこなしていたし、依頼原稿も引き受けていた。かなり体調を崩してからも原著論文を書いていて、最近その別刷りをいただいた。発行日付は二〇〇七年四月である。この論文は今後もかなり引用されるであろうと思われる臨床的意義の高い論文であることは専門外の私にもはっきり分かる。ちなみに、彼が胃癌の手術を受けた二〇〇五年三月以降、亡くなるまでの間に医学系の原著論文だけでも五編、依頼論文十一編があり、その他に多数の看護系雑誌への依頼論文がある。これができる人間は確かに彼以外世の中にいないであろう。

【二〇〇七年四月二十八日】

何日、何カ月生き延びようと別れは辛い。これでもう満足した妻子と永別できるということはない。だから延命に意味はないのではないか。

上腹部痛は続くが、吐物の黒っぽさは減じてきた。

運動会も野球観戦もこなした。

〔G医師〕吐物が黒いのは血液の混入にまちがいはなかった。食物の通過しない盲端に近い残胃に、食事を溜め込んでは吐いていたのだから、胃粘膜が常にびらん性の慢性炎症を起こして表面の粘膜がただれていたのだ。慢性的な出血性胃炎である。ただし、採血検査では貧血が進行するほどではなく、出血の量としてはごくわずかであったと思う。当然、輸血も必要とはしなかった。

【二〇〇七年四月二十九日】

OHさん、OSさん一家とともに夕食。初めはいつもの宴会。終わりに大人だけで今後についての話。妻子を見守ってくれることを約束してくれる。

死を意識するようになってきた。

他人から死を悔まれる（まだ死んではいなくとも）ようになると意識しはじめるのか、あの死んでゆく不思議な感じがうすれ、死ぬことが固定されてきた感じである。

【二〇〇七年四月三〇日】
シンガポールから一時帰国した弟に会って、事後を依頼する。
死にゆくようには見えない、と言われたが……。

【二〇〇七年五月一日】
化学療法二コース目へ突入。

【二〇〇七年五月二日】
大学病院の腫瘍内科を受診。自宅で緊急事態が起こった時の受け入れを依頼。
着々と死への準備がなされる。ホスピスへの予約も勧められた。

現在の職場であり治療場所である病院は自宅から車で四〇～五〇分のところにある。緊急時にはそこより近いところに行けるよう、コネクションを作っておくことを勧められて受診した。

〔G医師〕化学療法は第二コースを開始したが、先に述べたブラインドループ症候群の発症など、病状の悪化の可能性は十分に考えられた。緊急事態に備え、彼の自宅のあるS市の大学病院にいつでも受診、入院できるような体制にしておかなければならない。今回の紹介の目的については、彼自身にもそのように説明したし、この時期にようやく彼自身の許可を得て、奥さんに病状を説明する機会を得た。

病状の説明は、いつもの個室で二人に対して行った。ある程度予想はしていたが、彼はこれまで自分の病状について彼女に詳細には説明していない様子であった。それで経過が変わるわけでもないし、無用なストレスを与えまいとの判断だったのだろう。しかし、担当医の立場では、これからは、家族にも予想される病状の変化について理解してもらい、協力を要請しなければならない夕イミングだ。大学病院への紹介がスムースに行ったこと以上に、家族に直接説明できたことで担当医としてはひとつ肩の荷が軽くなった。紹介先は腫瘍内科、私の出身医局である。腫瘍内科は本来、進行癌、再発癌の患者さんの抗癌剤治療を担当する部門である。もちろん治療中の支持療法をも同時に行うことは、当時の私が行っていた診療内容と同じであるが。ただし、抗癌剤治療がこれ以上続けられない状態まで病状が悪化し、症状緩和に限っての入院となれば、大学病院のように専門分化した大病院では緩和医療科の担当となる。ホスピスへの予約も勧めたというくだりは、この緩和医療科への紹介、つまり終末期ケアの準備を指している。癌治療の手段を板橋も私もあきらめてはいないが、一方で、悪化した場合にも備えなければならないタイミングでもあった。

【二〇〇七年五月三日】

妻の誕生日を祝う。二度と祝うことがない。

これから次男、長男と二度と祝うことのない誕生日が続く。三男の一〇月まで生きていられるか。

【二〇〇七年五月四日】

だるい。化学療法のせいか。

化学療法のせいで癌そのものの症状よりもだるくなるとしても、化学療法は止められない。止めれば戦線がまた一歩後退するのだ。

このだるさは辛い。化学療法の回を重ねるにつれてボディブロウのように効いてくる。だるさも増してくる。

癌そのものよりも辛いと感じることもある。実際はそんなことはなく、癌だからこういう目にあっているので、これもまた癌の辛さではあるのだが。戦意を奪うに足る辛さではある。

しかし闘いは止められない。闘うな、と言う者もいるが、闘わないでさっさと死んでゆけ、ということか。この程度のことで死ねるか。

〔G医師〕この頃の彼の倦怠感は、化学療法の副作用によるのか、病状の進行と点滴栄養のみに依存した代謝障害によるのか、判断が難しい。おそらくその両者によったのだろう。しかし、患者は片道三十五㎞を車で通勤し、医師としての日常業務をこなしているのだ。無効とまではいえない以上、治療医側から、治療中断の選択肢は提案していない。

【二〇〇七年五月五日】

夜眠れないことが確実に体力を奪っている。

仰臥位になると胃液が逆流して痛み、気管に達して咳が続き、やがて口と鼻からあふれ出る。点滴のため夜間は頻尿で何度も起きる。

眠れない苦しみはずっと続く。背中に枕を入れて上体を立てた（すっかり立てるわけではないが）姿勢で眠ることになるが、この姿勢で熟睡することは難しく、どうしても眠りは浅い。

それに夜間に一〇〇〇～一五〇〇mlの点滴が体に入るので、日中の食べられない時には尿の回数がきわめて少ないのだが、夜だけは一～二時間ごとに尿意で覚醒してしまう。

〔G医師〕これ以前から、彼には吐くことが苦痛なのなら食べることをあきらめるか、どうしても経口摂取にこだわるなら、食べたものを寝る前に吐ききってしまうか、二者択一なのだと説明していた。日中に意識的に嘔吐しているうちはいいが、睡眠中に大量に嘔吐すると、吐物が気管に入り肺炎のリスクがあるし、最悪の場合は窒息の危険すらある。もっとも、記載のとおり、夜間の睡眠も浅いものだったらしいが。彼が選んだのは後者だ。

五月になると、日中に仕事の合間に病室で短い休息を取る際に、経鼻胃管（鼻から通して胃の中に入れる直径三～四㎜のポリエチレンのチューブ）を自己挿入して、胃内の内容物は自分で処理するようになる。つまり、吐く前に強制的に外に排液（ドレナージ）してしまうのだ。もちろん鼻からチューブを通すことも苦痛を伴うのだが、キシロカインゼリー（局所麻酔薬の入ったゼリー）を鼻腔に吸引しながら、器用に処理していたらしい。指導したのは担当の看護師で、私は直接には処置に携わっていない。同世代の同僚医師同士というのは、こういったときに（特に相手が現役で働き続けている状況では）互いに遠慮が出てしまう。私が訪室すると、処置の終わったチューブがトレイにおいてあったりして、「さっきドレナージしたばかりです」と、こともなげに本人が報告するのが常であった。自宅にも点滴のセットとともにドレナージのための胃管チューブを持ち帰るようになる。

彼のような進行癌による消化管閉塞の患者さんが在宅で点滴をする場合には、二十四時間の持続で点滴をすることも多いが、患者さんのニーズに応じて、半日（八〜十二時間）くらいで点滴を落とし切ることも少なくない。点滴のラインに二十四時間拘束されているストレスを軽減するためだ。自宅で過ごす患者なら、日中の早いうちに点滴を終了して夕方からラインフリー（点滴をはずした状態）にすることも多いのだが、彼の場合、日中は今までどおりのスタイルで仕事を続けるのが優先度の高い希望だ。点滴時間が帰宅してからの夜間になるのは避けられなかった。夜間中心の水分補給のため、排尿も夜間に多い。五月の上旬からは、抗癌剤投与以外の日もできるだけ日中に短い休息を病室でとってもらい、その時間に五〇〇ml程度の点滴を追加することにしていたのだが、仕事はできるだけ今までどおりのリズムを壊したくない彼の希望により、その頻度は一日おきくらいにとどめざるを得なかった。「患者の希望するライフスタイルに沿うケアを提供する」と一言でいうと、いかにも医療者側が満足を届けているように聞こえるが、そのライフスタイルを貫くために、誰よりも板橋自身が苦闘していた。

五月五日、続き。

OHさん、OSさんらと川原でバーベキュー。ゆっくりと見送ってくれている感じが優しい。

そこでまた吐血。


この時の吐血は今までのように黒い水を吐いたのではなく、鮮紅色の吐物であった。頻回の嘔吐で胃と食道の境目あたりが切れて出血してしまう。マロリー・ワイス症候群であろう。であればさほど重篤な事態ではない。

こういう点で医者であることは便利だなと思う。


【二〇〇七年五月七日】

そろそろ遺書の書き直しをしなければと思うが、そのことを考えるだけで涙が滲む。

妻に申し訳ない。子どもたちが大きくなったら二人で旅行三昧をしたかったのに。苦労だけを残してしまうことになった。

【二〇〇七年五月八日】

墓地（市営）を申し込む。

【二〇〇七年五月九日】

自分の仕事をなるべく少なくしようとしてくれる上司がいる。しかし私の希望は仕事を続けることなのだ。それでも（その希望を表明しても）私の仕事を縮小しようとする。それは思いやりなのであろうが、仕事をしないとこの職場に残っていることは意味がないし不名誉なことだと思う。仕事ができないかもしれない人間に対する差別なのではないかと思ってしまう。悪意はない（むしろ善意から来る提案なのだが）のはわかっているが。

癌になって崖際に追いつめられ、再発で崖から落ちた。今は何本かのロープで崖にぶら下がっている。一本は金を稼ぐこと、一本は抗癌剤、一本は仕事をすること。

やれることまで「やらなくていいから」と取り上げられてしまう感じがするのである。

そうされることで、むしろロープを一本一本はずされていってしまう感じがする。「癌のため何もできない」という状態に、積極的に追いつめられているような感じがする。

〈N医師〉ここに出てくる上司とは私のことである。やはりどう見ても体がつらそうなのである。いつも脱水気味で、気力だけで頑張っているのは明らかだった。もちろん、彼のいうように崖にぶら下がっているロープの一本が仕事であることは分かっていた。しかし、彼のやってくれている外来業務は正直いって、腸閉塞になってしまえば、いつ中断されるかもしれない。この時期は、彼と一緒にやってきていた呼吸器内科の信頼できる後輩であるY先生と外来を担当していたが、この一カ月後の六月にはY先生は個人的事情で他の病院へ異動していくことが決まっていた。したがって、その後は彼が外来を一人でこなすことになる。大学から応援をもらう手はずは整えていたが、それにしても週に一回がやっとである。彼の臨床の力、仕事をする気持ちは良く分かるけど、どうしても彼が急に仕事ができなくなったときのことも考えなくはいけない。予約の患者さんがすべて宙に浮いてしまう。今時、呼吸器内科の医師を派遣してくださいといって、急に出してくれる所はないのである。あらゆる意味で、彼の大切なロープを尊重しながら安全係数を考慮した発言をせざるを得ない自分が情けなかったが、このときは、彼には「無理するな」と言うしかなかったのである。

〔G医師〕「仕事を縮小しようとする上司」のくだりはN院長が説明するだろう。この時期に、彼の病状と職務内容については私も担当医として院長から相談を受けていた。確かに彼は通常の外来業務も病棟業務もこなせてはいたが、彼自身の休息の必要性のみならず、病院の管理者としては緊急事態で呼吸器科の診療が急に中止になるリスクについて心配しておかなければならない。そうなれば患者さんたちに迷惑がかかるので、徐々に非常勤医などに彼の仕事の一部をシフトしておかなければならないと思うのは、病院全体を運営するものの立場としてはやむをえない判断であった。担当医から見ても彼の病状はそこまで深刻なレベルにすでに達していた。
それにしても、彼の通常勤務への執着にはこの頃から尋常ではない覚悟を感じてはいた。この時期の彼にとって働くことは生きることと切り離せない一体の活動であり、自分の存在を確認するためのある種の必要条件であったのかもしれない。自分が何を選ぶのかはその立場に立たないと本当のところはわからないが、同世代を生きるものとして理解できる気がする。

【二〇〇七年五月十五日】

不眠が体力を奪うのを実感している。
昨夜は強い腹痛で終夜眠れず。腹膜炎か膵炎か。

【二〇〇七年五月十六日】

失くした結婚指輪が本の間から出てきた。

先週末は点滴を持参して一泊二日の学会に参加できた。ホテルでぐったりしている時間も長かったが。

と書いているものの実情は悲惨なもので、学会に参加できたのは各半日ずつくらい、あとはホテルで、それも主にバスルームにいた。トイレで吐き続けていた。食事も当然、あまり摂れず、頑張って部屋に備えつけてあったミネラルウォーターを飲んでいた。

それでも点滴セットを持参して外泊できたことは行動を拡げる自信にはなったが。

こんな状態にまでなって泊まりがけの学会に出ていってどうするのだ、と言われそうだが——そういう見方が多分「常識的」なのだろうが——、これも癌との闘いの一環のつもりだ。癌などいないかのように、日常生活を今までどおり（癌になる前のように）過ごす、これが抵抗の形なのだ。「癌だから学会参加を諦める」という形はとりたくない（とはいえ六月の北海道は二～三泊になりそうなのでこれはキャンセルしたが）。癌であることは認めるけれど、それがあってもそれがないように振る舞うことを、癌に見せつけてやりたい。

〔G医師〕点滴セットを持参しての泊りがけの学会参加のプランを彼から聞いたときには、さすがに驚愕した。しかし、ここまで二カ月間、夜間の在宅点滴を自己管理してきたわけだし、金曜日から月曜日までは病院からは完全に離れていたわけだ。旅先での急な病状変化の可能性は高くはない（ありえないとまでは言えないのだが）。ここまできたら、とことん彼のライフスタイルに付き合おうと担当医としてもこのころは開き直っている。

もう一つ、これより少し先の話になるが、担当医として悩ましかったのは、癌性疼痛治療と通勤との関係である。彼は経口摂取が不可能であったため、癌性疼痛治療としては皮膚から吸収される貼付剤（フェンタニルパッチ）を用いた。オピオイド（モルヒネ類似薬）、つまり医療用麻薬の一種である。「麻薬を使うと副作用で中毒になるのでは」といった不安は今でも一般的に根強い誤解であるが、医療用麻薬は適量を用いて癌性疼痛をコントロールした場合、たいていは副作用らしい副作用もなく安全に長期に使える薬である。

ただし、人によっては特に投与初期に、眠気やめまいを生じることはありうる。問題は通勤中の長距離の運転であった。実際にはこの場合、それら（眠気やめまい）の副作用もまったくなかったため、運転にも実質的な支障があるとは思えなかったが、万一何らかの交通事故に巻き込まれた場合はどうかと心配ではあった。運転に関しては、薬剤の注意書きに「原則として避けるように指導する」と記載されているのみで、厳密な意味で法律的に規制されてはいないのだと思う。しかし、実際に交通事故などに関わった際の判例などは乏しいようだ。癌診療において、早期からの疼痛緩和の重要性が強調されている今日、医療用麻薬を用いながらも、全く健康時と変わらない生活をしている患者さんは山ほどいる。正面から取り上げるとむしろ規制を誘導することになりかねないとの心配もなくはないが、診療の場面では何らかの現実的な指針が欲しいところだ。

【二〇〇七年五月十七日】

天国と地獄。天国から地獄。天国というほどのものでもないし、地獄というほどのことでもないのだが……。

昨日は順調だったのに今日は朝からひどい。だるいし嘔気が強い。昨日の好調は化学療法の時のステロイドの影響だろうし、それが切れてきて今日は抗癌剤の副作用が出ている、というわけであろう。だるい。力が入らない。

今日は休んでみようかとも思うが、休めば明日はよくなっているという保証がないので、今日の仕事は今日やっておかなければ、とも思う。

【二〇〇七年五月十九日】

脂と塩に飢えている。

食べれば吐く。吸収はしない。だから食べても無駄なのだが、胃から先に通らないだけで口は飢えている。とくに脂と塩、動物性蛋白質。

【二〇〇七年五月二〇日】

嘔吐が続く。体重が再び減少。

化学療法は効いていない。dormancyにもなっていないのではないだろうか。

ヴァンクーヴァー時代の実験ノートや論文のファイルを整理する。妻も片づけたがる（捨てたがる）。

生きていた痕跡を消してゆく作業だ。

当時、やりとりした手紙も出てくる。A先生には本当に世話になったと改めて感謝。


Dormancyとは腫瘍を縮小させないまでも現状を維持し、腫瘍を成長させないで留めておくこと。治療の方向には向かわないが進行もしない状態である。


【二〇〇七年五月二十二日】

自分の体を自分でコントロールできないことにいらだちを感じ始めている。調子よいと思って食べると二〜三口で嘔気がくる。治療は効いてこない、いらだつ。相手は癌なのだとわかっていても、自分の体に対して怒る。癌から逃げているのだろうか。

五カ月間、ほぼ毎日吐き続けている。口内は荒れ、歯はぼろぼろだ。

相手は癌なのだ。癌と闘っているのだ。しかし、その相手が強大すぎて歯が立たないため、矛先を変えて自分の身体に怒りを向けてしまう。痛む腹、吐く胃を敵だと思い込んでしまう。癌が巧みにそういう戦術を使っているのか、闘っている自分が闘いの前線から逃げ出して自己満足のためにハつ当たりしているのか。

いや、変な話をしているのである。

癌は私の胃から出てきたのだし、今の転移巣も私の腹の中にある。こいつらと闘うのだから私の胃や腹と闘うのである。だから敵は自分の体ということになる。ここが癌の厄介なところで、例えば肺炎が相手だったら外から入ってきた肺炎の原因の菌と闘えばいいのだけれど、癌だと己れと闘わなければならない。
しかしこれと闘うというのはどうにもやりにくい。そこで癌を己れの体と切り離して考える。どうせこいつは己れの体の全体の調和を乱し、統制の効かない異常な増殖と転移をしているやつなのである。だから癌は敵、苦しんでいる己れの体は味方なのである。

〔G医師〕この日にタキソールの計五回目の投与をしている。五月初めの連休があったため、三週連投の一週休みというスケジュールは少し変則になった。今週、来週と投与すると、次の休みに入る。臨床的には明らかな効果は見られない。彼自身が「効いていない」といっているとおりだ。明らかに悪化しているとまでもいえないが、抗癌剤治療をやめて支持療法に徹するべきかもしれない。次週の投与の後にCT検査を再検し、患者本人と相談しようと考えていた。

【二〇〇七年五月二十三日】

映画『千と千尋の神隠し』に「死んでゆく不思議、生きている不思議」という歌詞があったが、そのとおりの感じである。


【二〇〇七年五月二十四日】

現在の体の不調。

嘔気、常にある。いつ波が襲ってくるかわからない、座して調子よいと思っても二、三歩歩くとすぐ嘔気がくることもある。

げっぷ。唾液ですら胃に入ると出てくる。体を左へ捻ると出る。これを出せないと心窩部痛が強い。時に液体・固体も混じる（少量の嘔吐をする）。

胸やけ。仰臥位になれない。右側臥位になれない。

脱毛。頭が寒くて帽子が離せぬくらいに抜けた。

物をつかめない。皮脂がないためか物をとり落とすことあり。脱力はないが。

腹痛。便意があっても出ない。

骨がぶつかって痛い。やせてしまって固いベンチに座ると骨盤がぶつかって痛い。足を組むと骨同士が当たって痛い。これが結構辛い。習慣で無意識のうちについ足を組んでしまって痛む。

【二〇〇七年五月二十五日】

職場の同僚が転勤するのでその送別会にはぜひ参加したいから声をかけてくれ、と幹事に頼んでおいたのだが、返事はよかったものの呼ばれなかった。

疎外されているわけだ。彼らにしてみれば末期癌患者を宴会に呼んでも対応に困るのであろうが。

〔G医師〕このころの彼は、胃の通過障害のために、食物も飲み物もまったく受け付けなかったはずだし（食後にすべてを人目につかないところで嘔吐していると私には告白していた）、在宅で夜間に中心静脈栄養を続けながらの勤務である。また、タキソールの点滴のため、脱毛も一目でわかるほどに著しかった。もともと、堂々とした体軀の持ち主だった彼だが、体重の減少は、発病前から比べると二〇kg近くに達し、文字通りやせ細っていた。病院に毎日通勤してくるのがどんなに体に負担なのだろうと周りは感じていた。当時の状況では送別会の宴会に声をかけられなかった幹事の心情はよく理解できる。終末期癌患者であることを公表した後も、まったく変わらない日常生活を維持することは、患者にとって困難であるだけでなく、周囲の世間にもある種の訓練が必要なのかもしれない。

一方で、彼がそうした環境で、世界からの疎外感・隔絶感を深めていたことに、担当医チームとしてもう少しアプローチの仕様があっただろうかと改めて思いをめぐらしている。病魔も孤独も淡々と受け入れているようにみえるプライドの高い、とてつもなく強い精神力の持ち主と見えた（実際にそうだった）だけに、心理的サポートの提供といっても私の力の及ぶところではなかったような気がする。精神腫瘍学の専門医がそばにいたらどうだっただろうか。もしかしたら、それは、医療とは異なる位相の私たちの日常社会の関係性の問題でもあろうか。


【二〇〇七年五月二十七日】

昨日、今日と遠い地で一泊二日の研究会。

昨夜より腹痛と便意が強く（それでいて排泄させない）、今日は会の途中で抜け出してトイレに三〇分以上も座り続けるはめになった。こんな状態では普通の生活ができない。日常生活の範囲をまた縮小せねばならぬのか。


この時はひどかった。五月上旬の出張（学会）の時に少し芽生えた自信（一泊二日くらいなら何とかなるぞ）が砕かれた。

しかし今になってみると（六月上旬）、まだ一泊二日くらいなら何とかなるような気がしている。結構、症状に変動がある。調子のよい時に当たれば一泊くらいは大丈夫であろう。調子のよい日に当たるかどうかはまったくわからないし、自分でその日を調整できるわけではないが。

【二〇〇七年五月二十八日】
昨日までの不調が嘘のように今日は体調がよい。
朝・夕食を摂らずに昼食だけ少し食べるとよいのか。

食事の摂り方がわかってきて、嘔気・嘔吐をうまくコントロールできるようになってきた（と思う）。

朝は起きてすぐには摂らない。動き出して二時間くらいしたところで（ウィークデイならちょうど職場に到着した頃）パンを一個かカロリーメイトのようなもの＋カップスープ一杯。昼は正午頃にカップ麺を三分の二くらい食べる。その後は夕方にココア一杯。帰宅して夕食（小学生の子の半分くらい）。でも、これが九時や一〇時となるのでベッドに入る頃（十一時）までには胃から流れず、胸やけや嘔気の原因となる。だから、ここで胸やけや嘔気を感じればもう諦めて吐く。できる限り吐き出す。そのことでむしろ安眠を得て体力を温存したい。ここで吐き出してしまえば翌朝もまあ不快感は少ないのである。

夕食を摂らない、という手もあるが、せっかく妻が作ってくれるし、少しでもまともな食事（三食のうちまともなのは夕食だけ）を少しでも吸収できればよいので食べるようにする。それに夕食を抜くのは朝・昼食を抜くのより難しい。いろいろな会合が夜にあって夕食をお付き合いすることが珍しくない。夕食は「日常生活度」が高いのである。自分はごく普通に生活していますよ、とアピールするには普通に夕食をお付き合いすることが必要となる。癌患者だから、と周囲から特別扱いされないようにするためにも、「日常生活」「普通の人のくらし」が普通にできていることを周囲に示すことが必要なのである。

いろいろな会の懇親の場で酒を飲んでいると、ある程度事情を知っている人は「酒が飲めるのか」「飲んでいいのか」と尋ねてくる。「まぁ飲めますよ」と答えると相手も安心したような表情をする（驚いた顔をする人もいる）。

【二〇〇七年五月三〇日】
嘔気とだるさが出てきて辛い。副作用であろう。
まだ2コース目なのにだいぶ辛い。

化学療法は、週一回、三週連続して一週休む、というコースで続いていた。

〔G医師〕この前日、五月二十九日に六回目の投与、第二コースを終了している。前述のようにこの後の検査による効果の評価で治療の継続の可否を判断しようと考えていた。血液検査では、目立った副作用はない。吐気は副作用というよりは、胃癌再発そのものによる食物通過障害であると考えられるので、抗癌剤投与の副作用は明らかな脱毛と、全身倦怠感である。倦怠感をどう評価するかは本人の判断だが、彼は、S市からの通勤のほか、日常業務と研究会活動を継続しているのだ。少しでも効果があれば治療を続けるべきかもしれない。担当医も迷っていた。

【二〇〇七年六月二日】

昨日・本日と地元で学会、両日とも発表をした。

体調はとても悪い。ここまでになると、こうやって死んでゆくのだなと実感する。

夜、しばらくぶりに吐血（黒い水を吐いた）。寒気とふるえも伴う。

【二〇〇七年六月四日】

ＩＶＨを始めて二カ月。

一〇年や二〇年前であったら在宅でＩＶＨを行うこともできず、食べられなくなった時点で引退し、延々たる入院生活となっていたであろう。

この頃は、ひと頃感じていた不思議な感じがなくなった。症状が進んで常に体調がよくなく、癌死が現実味を帯びてきた、といったところか。

【二〇〇七年六月六日】

夢を見た。

自分はある国のスパイの元締めになっている。敵対する国のスパイたちと闘っている(情報戦)が、実は自分はダブルスパイで、また相手のスパイの首領もダブルスパイなのである。そのうちそれがすべてばれてしまい、どうにもならなくなる。自分は引退したいが許されない。

こんな夢をこのところ何回か見ている。

酒がまずい。

ビールの爽快感はないし、日本酒の口の中に広がる香りも楽しめない。

【二〇〇七年六月七日】

三日前から後頭部痛がある。昨日からは三十七℃台の微熱もあり、感冒だとは思うが…。

【二〇〇七年六月八日】

頭痛が続く。

時折、動けなくなるくらい右後頭部が痛む。三〇分ほど休んでいると自然によくなるが。

風邪ではなさそうだ。

最悪の場合、脳転移、髄膜転移か。脳転移の検査を受けて答がイエスと出るのは恐い。

知的な異常をきたして存命する気はない。


【二〇〇七年六月九日】

臍下部全般に時折強い痛みが生ずるようになったのは二日前か。それが昨夜には声を出してしまうほどひどくなり（それでも数分で軽快する）発作の間隔も短くなっていった。そして真夜中から水様の下痢。下痢というよりは水だけ（腸液だけ）が勢いよく流れ出る。一時間おきぐらいにトイレへ行く。下痢が出ても痛みはよくならない。一〇分おきくらいにうなる。こうして朝を迎えた。

ＯＢ戦の日。学生時代にやっていた大学同士の定期戦のＯＢ戦が企画され、今日はその日なのだ。楽しみにしていたし、サッカーができるのは今日が最後かもしれないとも思う。思い出とともに最後のサッカーを終えるのも悪くない。

しかしこの体調だ。頻回の腹痛と下痢。

そして朝からはまた吐血。

ところが下痢のネタもつきたか、昼には回数が少なくなり、腹痛の間隔も遠のいた。

そして試合に参加、ヘディングで点を取った。

終わって帰る時に、先輩のＮ先生に「来てくれてありがとう」と言われた。彼もまた知っているのだ。自分にとってこれが最後のサッカーであろうことを。

夕方から再び腹痛がひどくなる。下痢と嘔吐は多くはないが、声が洩れてしまうような強い腹痛が一〇分おきに来る。腹を見ると地獄絵図の餓鬼のように下腹部が丸く張り出し血管が浮いている。打診で鼓音が強い。ガスが出ない（下痢はしても）。イレウスだ。一〇時頃、ついに入院を決意する。妻に送ってもらって職場の病院へ入院。

入院してみると熱も三十八℃あった。感じてはいなかったが。モルヒネが開始される。癌性疼痛の可能性も考えてのことであろう。

ついにモルヒネが始まったのであった。モルヒネを使わないことは癌への抵抗のひとつであったが、この痛みではもはや仕方ないと思う。

〔T医師〕このような状態がしばらく続き、六月九日のF医大とのOB交流戦がやってきた。F医大とT大とは、学生時代から続いている毎年の定期戦で深い交流があり、医学部の大会では、よきライバルとして健闘を讃え合った相手であった。学生レベルでの定期戦は毎年続いていたが、OB交流戦はここ一〇年ほどとだえており、久しぶりの交流戦であった。板橋が食事をとれなくなってから三カ月以上が過ぎようとしていた。病院で、定期戦のことに話がいくと、体調が良ければ行きますと、答えていたが、体調は良いはずはなく、まさか当日会場にジャージ姿で現れるとは、誰も予想もしていなかった。皆飛び上がるほど驚いた後、板橋を大歓迎し、板橋が好きなようにゲームに出てもらうことにした。交流戦は三〇分四本の試合を行うことになり、二本目に、まず、ゴールキーパーで出場してもらった。動きは思いのほか軽やかで、何度か鮮やかにセービングもこなして、失点ゼロに押さえていた。三本目は休んでもらい、四本目に本人の強い希望もあり、センターフォワードとして出場することになった。さすがに長い距離は走れず、往年のダッシュも衰えたが、得点を狙って、常にボールを要求していた。出場した仲間全員が何とか板橋に点を取ってもらいたいと願い、板橋にボールを集めた。得点のチャンスが数回訪れたが、相手キーパーは若い上に反応も良く、得点はなかなかあげられなかった。しかし、板橋は常にゴールを狙い続け、終了五分前、ゴール前の混戦からこぼれ球を果敢にもダイビングヘッドで押し込み、見事なゴールをあげた。皆で板橋に飛びついて、すばらしいゴールを祝福した。抗癌剤治療中で中心静脈ポートが入っていることなど誰もが忘れ去っていた。

試合後は、N温泉の旅館で交流会が催され、両大学のOB同士一〇年ぶりの再会を喜び、会はおおいに盛り上がった。板橋は、当然帰宅し、今頃は今日の得点の余韻に浸っているものと思っていた。しかし、癌はそれを許してはくれなかった。板橋の入院の話を院長から聞いたのは、翌日の朝のことであった。癌性腸閉塞のため、サッカー終了後、当院に深夜入院したとのことであった。癌性腹膜炎による腸閉塞で、治療による改善はほとんど見込めなかった。それにしても、このような状態のなか、サッカーの試合に出場し、得点まであげたのはなんと言う奇跡だろうか。サッカーの神様が板橋の願いを聞き届けたのだと信じた。

〔G医師〕この日の入院は緊急入院となった。診断は腸閉塞症（イレウス）である。癌性腹膜炎の悪化で胃の出口よりも下部の小腸の別の場所に閉塞が生じたと判断された。食事は全く通過していなくても、肝臓から分泌される胆汁は便として排せつされる。そのルートのどこかが閉塞し、小腸内に胆汁と消化液が充満して拡張しているのだ。この日は土曜日で、手記の記載どおり、彼は最後のサッカーの試合に出場し、ヘディングのゴールをあげている。このシーンは彼の死後、「お別れの会」の席でビデオを見ることになった。超人的な体力と気力に感嘆するとともに、その同じ日にその彼に最後の合併症を生じさせることになる病状の無情さも改めて思った。

【二〇〇七年六月一〇日】

昨日よりはだいぶよい。

主治医の先生やN先生も診に来てくれた。イレウスよりは腸炎でよかろうとのこと、癌とは関係のないもののよう。

しかしこれは楽観的観察であった。翌日には癌によるものの可能性が浮上してくる。

【二〇〇七年六月十一日】

今日のＣＴで手術をするか否かが決まる。癌が腸管を締めつけていてイレウスになっていれば手術しかない。

しかし手術は受けないであろう。

手術を受けて延命できる時間の大半は入院生活に費やされてしまう。とすれば、それは意味のない延命だ。子どもたちと過ごせない時間を長くしたとして何の意味がある。今、子どもたちと接する時間はウィークデイの夜と朝の短い時間と休日だ。入院していたらそれらがなくなる。見舞いに来てくれたとしても今よりごく短い時間になる。そんな生活に少なからぬ金を払う価値は見い出せない。癌によるイレウス、そういう状態にまでなったとしたら、闘いの方針をまた変更しなければなるまい。抗癌剤は使っている。一度失敗した手（抗癌剤による闘い）を再び使うほどの余裕もない。切り替えが必要だ。

結果説明を受ける。

４月のＣＴでは見られなかった狭窄が回盲部と横行結腸にある。炎症性のものか腫瘍かは不明。くすりを使って症状は緩和しているものの腸管は拡張しておりイレウスは続いている。くすりを切って症状が出てくるようであれば手術が必要となる。

手術をしても延命にはならないことは確認した。あくまでも疼痛対策である。確かに一昨日のような痛みには耐えられないかもしれぬ。モルヒネも効かなかった。しかし痛みのために子どもたちに遺すべき金を消費してしまうのは申し訳ない。

死ぬのにこんなに金がかかるとは。

いよいよ遺書を書かねばならぬ。


これから先、今持続点滴をしているブスコパンとサンドスタチンをオフにしていき、症状が再発すれば腫瘍によるイレウスだと判断することになる。となると手術が勧められるが……。

もはや複数箇所に再発しているのだから先は長くない。この二種のくすりを再開して緩和ケア病棟に入ることは考えてもよいわけだ。身辺整理のためには外出か外泊をして。

しかしその外出・外泊ができないとなるともう家へ戻れない。家の整理がついていない。身辺整理のためには手術を受けてでも短時間病院を離れることができるようにしたほうがよいのか。

泣きながら遺書を書いた。

〔G医師〕CTでは回盲部（小腸が大腸につながる部分）に狭窄が疑われた。それより口側の小腸が全体的に著明に拡張している。臨床的には癌の腹膜病変によると考えるのが妥当だ。手術療法で減圧を図ることができるのであれば、手術を積極的に考えたほうがいいかもしれないと説明した。目的は延命ではなく、症状（腹痛）の緩和である。

ブスコパンは腸の動き（蠕動）を抑えて腹痛を和らげる目的で、サンドスタチンは胆汁の分泌を抑制して腸管の内圧を下げる目的で、輸液ポンプを使って少量持続点滴を行っていた。サンドスタチンはこの少し前から、癌性腹膜炎による腸閉塞の治療に認可されていた注射薬である。私自身も使用経験はまだそれほど多くなかったが、彼の腸閉塞に伴う腹痛症状には確かに効果的だった。携帯用のポンプによる持続点滴も可能なので、本当はサンドスタチンを投与しながら外出・外泊は可能なのだが、CT画像の判断からは、回盲部の人工肛門造設の簡単な手術により十分な減圧効果が期待できそうであり、有力な選択肢と考えた。

【二〇〇七年六月十二日】

三日前にサッカーができたあの数時間は何だったのだろう。最後のサッカーをやりたいという気持ちがあの時だけは癌に勝ったのだろうか。だとするとサッカーより大切な家族のために闘っているのに勝てないのもおかしな話だし、偶然の恵みだったのだろうか。

イレウスがどうあれ腸管の狭窄があるのは確かなので、おそらくもう口からものを食べることは不可能であろう。そう思っているためか、今朝方はバイキングで意地汚く食べている――こんなに食べたらイレウスになると思いながら食べている夢を見た。

朝からくすり（ブスコパンとサンドスタチン）を完全にオフ。

その後、排便が二回（少量）あり、今のところ（昼）腹痛はない。

しかしこれはアンフェアな話だ。

腹が痛くなったら手術だぞと言われれば誰だってちょっとやそっとの痛みはないものと思い込んでしまう。


ここ三日間食べていない。食べなければ夜の嘔気も少なく眠れる。


妻に来院してもらってG先生の話を聞く。

結論は癌性腹膜炎。今後、入院治療が必要となればもはや自宅近くの大学病院で、ということになった。もうここの病院で外来業務をこなしながら治療を受けるという段階は終わった。家族の便利で場所を選ぶ時期であろう、と。

院長先生より外来・入院患者の診療からは引き上げるように言われた。確かにこの状態では患者に対して責任が持てない。自分の仕事を縮小し後始末にかかるべきであろう。感染対策と感染症のコンサルタントとしての首はつながっているが（病院側の好意で）。

いよいよこれで敗戦処理に入る。悪い闘いではなかった。

こうして最後の闘いを癌側の勝利で終わった。

割と調子がよいな、と思っていた矢先――例えばサッカーをする気力や、もうひと仕事やれそうなのでデータを集めてみるかと思って着手していた――に鉄槌が下された感じである。

昨夜からイレウスが悪化し、これから手術目的で転院となる。

ここから先はもはや闘病記ではない。

ここで筆を擱く。

【了】

〔N医師〕この話をするときはつらかった。どういう言葉を選べばいいのだ。ついに、私の立場としてこのことを言わなければならない。つらいところご苦労でした、本当にありがとう、先生の気持ちは分かるけど、完全に休んでくれよ、と言う以外ないのである。私がこの言葉を口にするときは彼の仕事というロープが切れるときであるし、それは彼も分かってくれていたのである。分かりました、と静かにうなずいた彼の目にはやはり涙はなかったが、唇を噛みしめながらつばを飲み込んだ気がした。

〔T医師〕六月十二日、小康状態となった板橋は、医局までやってきて私を見つけると、腹が張って苦しいから、もし腹水がたまっているなら腹水を抜いてくれないか、と懇願してきた。腹腔穿刺ができるようならば、と皺が全くよらないほどパンパンに張った腹部の超音波検査を行って腹水を探したが、著しく拡張した腸管だけが観察された。板橋に穿刺ができるような腹水は貯留していなかったことを告げると、「それじゃあ、しかたないですね。明日は大学病院ですね」とつらそうに答えた。これまで、決して弱音を吐いたことのなかった板橋だったが、さすがに苦しかったのだろう。何も治療の手段がなく、見守ることしかできないことに自分自身の力の、そして現代医学の限界を強く感じざるを得なかった。

そして、翌日の六月十三日、いよいよT大学病院へ転院することになり、救急車に私と病棟師長が同乗していくことになった。つい四日前には、交流戦でダイビングヘッドで得点をあげた板橋が、力なく救急車内のベッドに横たわっていた。板橋との三〇年余に及ぶ思い出が、走馬灯のように目の前を駆け抜けていった。もう、二度と一緒に仕事やサッカーをすることはないことを自分に言い聞かせると、自然に涙があふれてきた。サイレンをならして、高速道路をS市に向かう車中で、板橋に涙を見せたくはなかったが、抑えることはできなかった。約四〇分後に、救急車はT大学病院に到着し、板橋は個室に入院した。涙を拭った私は、また来るからと言って板橋と笑顔で別れた。

〔G医師〕この日、彼と奥さんに、抗癌剤治療を含めた積極的な治療（癌を抑えるための治療）の時期が終了したこと、減圧のための人工肛門造設術は症状緩和のために考慮されること、これからは一時退院が可能になっても、自宅近くの病院（大学病院）に治療とケアの場を移したほうがいいと考えられることを説明した。担当医としての最後の仕事である。結果的には彼の癌を抗癌剤でコントロールする事はできなかった。

これからは最後の限られた時間をよりよく過ごすためのケアを彼自身とご家族、それに大学病院の担当チームにゆだねることになる。この三カ月間、担当医として私にできたことのわずかさと、患者である彼に教えられたことの重さを感じながら、彼自身の闘いの伴走者として最低限の自分の責務を果たし終えただろうかと自問していた。

＊＊＊

ここで、板橋自身は、「闘いは終わった」と手記を締め括っているのだが、その後の経過について読者に報告するのが私の最後の役割だろう。断っておくが、以下に私が記すのは、二〇〇七年九月十二日に彼が亡くなるまでの、医学的経過のごく簡単な要約と数回の面会の印象に過ぎない。彼の手記が途絶えてから後の三カ月の彼の精神と生活の記録は本来、彼とそのご家族だけが辿ることのできる神話であることは言うまでもない。

手記の途絶えた翌日、六月十三日に彼はT大学病院、消化器外科に転院し、同日に全身麻酔による緊急手術を受けた。術式は、小腸瘻造設術、つまり癌性腹膜炎で腸閉塞を生じた部位より口側に人工肛門を造設して腹壁に便（胆汁）の排泄口を確保したのである。手術は成功だった。術後は順調に回復し、人工肛門からの便の排泄も順調で、激烈だった腸閉塞による腹痛も小康状態となり、六月二十六日には退院している。その後自宅静養を経て、七月の中旬から、彼は再び短い期間を当院に通勤することになる。今度は診療のためではなく、残務整理と病院に残していた自分の荷物の整理のためである。

この時期に大学病院の消化器外科の病室を訪れた私は、彼から重要なメッセージを預かっている。今回の入院では、彼は職場復帰を考えていない。つまり、私たちの病院は呼吸器専門の内科医（しかもすこぶる優秀な）の常勤医を失ったのだ。しかし、当院は県南部の地域（背景人口約十一万人）のセンター病院である。地域の患者さんが肺炎や喘息発作などで救急受診したときには、私を含めた他の内科医ができるだけの対応をしなければならない。このとき私は、一般の内科医が呼吸器病の患者を診療する際の基本的初期治療方針や専門施設への転送のタイミングについて、当院の個々の医療スタッフの個性や力量までを知り尽くしている彼から直接のアドバイスを受け取ったのだ。

また、このときの面会の際に鮮明に焼きついているのは、彼の病室のいたるところに積み上げてあった書籍の山の光景だ。床頭台からベッドサイドのテーブルまで、ハードカバーや文庫本などあらゆる種類の本がおいてあり、私が訪室した折も、板橋は電動ベッドの背を起こして半坐位にもたれかかりながら読書の最中であった。手記の前半部分にもあったが、彼は残された時間で読める本をすべて読みつくそうと、むさぼるように読書をしている様子であった。彼は言葉の力を信じて生きてきたのだろうし、なおもそのように生きていた。この手記はそういう人間によって書かれ続けていたのである。書かれた真実の言葉は有限の生を超えるという信念を自ら生きてきた人間によって。

週に数回、当院に来院し、さまざまな残務整理を淡々と続けていた彼を見ていて、この時間を確保するためだけにも、思い切って人工肛門造設術を勧めてよかったと思っていた。手術後は強い疼痛は治まっているようであったが、癌性腹膜炎の進行による鈍い癌性疼痛はある程度持続していた。先に書いた医療用麻薬（フェンタニルパッチ）を用いていたのはこの頃である。在宅での補液や、胃管の自己挿入による胃液の排出などは継続しており、当院に来院した際には私が処方し、数日分持ち帰っていた。

最後の入院となったのは八月五日である。疼痛が次第に増強し、医療用麻薬（オピオイド）の増量が必要になった時期だ。また、全身の倦怠感も強くなっていて、ベッド上で寝ている時間が多くなっていたらしい。緩和ケア病棟にはすぐには空床がなかったため、とりあえずT大学病院の消化器外科病棟に再入院となった後、八月一〇日に緩和ケア病棟に転棟している。癌性疼痛に腸閉塞の再増悪も加わり、疼痛管理は塩酸モルヒネの少量持続注射に切り替わっていた。経過を振り返ると、人工肛門造設から二カ月弱である。全身麻酔による手術の負担と引き換えに得られたこの時間をどう評価するか、それはそれぞれの患者のおかれた立場によって意味が変わるのだろう。

私が緩和ケア病棟に面会に訪れたのは九月初めの土曜日の夕方である。午前、午後と面会者がたて続いた後で、私が訪室したときは大分疲れていたのだろう、短い会話を交わした後は、うとうと休み始めた。表情は穏やかだったが、最後に会ったときより、さらにひと回り小さくなった顔に黄疸が現れ始めており、残された時間が切迫していることがみてとれた。

奥さんから聞くと、彼は「緩和ケア病棟で過ごすのは最後の二～三週間かな」とあらかじめ計画していたらしく、転棟するとすぐに、自分が会っておきたい知己に一気に葉書を書き送ったのだそうだ。そうして、何人もの友や先輩、同僚に順々に面会し、最後の別れをしてきた二週間だったたという。「今日まで、連絡をした方に全部お会いできたようです」と話す奥さんの横では、三人の息子たちが、緩和ケア病棟の家族用のロビーでそれぞれにくつろいだ様子で座っていた。長男は午前まで高校の学園祭だったはずだ。これも私の息子と同級生である次男がそこで学校の課題に取り組んでいるのが見えた。末の息子さんはまだ小学生で、屈託ない様子で挨拶をしてくれた。「最後のこの時間をここで過ごせてよかったです。子供たちは学校がありますけど、私は安心してそばにいることができます」と話す奥さんの和らいだ表情が印象に残った。

その数日後の九月十二日、早朝に携帯電話が鳴った。たった今、息を引き取ったとの、奥さんからの連絡だった。取り急ぎ、大学病院に駆けつけ、病室で最後の別れに立ち会った。最後まで思うとおりに闘えたよと言いたげな曇りのない死に顔であった。胃癌発症から二年七カ月、自ら最後の闘いと位置づけた再発後の化学療法開始からは六カ月の経過であった。

命を刻むということ

――みやぎ県南中核病院副院長・腫瘍内科　蒲生真紀夫

私が腫瘍内科の担当医として板橋を担当したのは、二〇〇七年の三月からの数カ月、彼の胃癌の腹膜再発・進行が明らかになってから、T大学病院の緩和ケア病棟に転院するまでの短い期間だ。癌治療としては二次化学療法（最初の抗癌剤が無効になったあとの二種類目の薬剤を用いた抗癌剤治療）を施行したのだが、結果は残念ながらほぼ無効であり、むしろこの期間の緩和医療、支持療法を主に担当していた。つまり、癌を積極的におさえる治療というよりは、癌を体に抱えながらも毎日を少しでも快適に過ごしてもらうための医療とケアの提供が主たる業務であった。

本文中にも繰り返し述べたが、この期間の彼は、口からの栄養補給（つまり食事からの栄養摂取）はまったく不可能であり、栄養・水分補給は在宅輸液療法の継続に全面的に依存していた。また、闘病の終盤には癌性疼痛が次第に増強して、通院しながら相当な量のオピオイド（医療用麻薬）を定期的に使用していた。

進行癌診療に係わる仕事柄、多くの終末期癌患者の闘病に立ち会う。それぞれの生活や療養の選択には、百人百様の姿が表れるもので、その時期に私たちができるのはせいぜい、少しでもその人らしい生き方を全うすることを手伝うことくらいである。

それにしても、彼は特別な患者であった。振り返ると医師、患者関係という通常の意味では私は彼の主治医であったと言えるかどうかも自信がない。むしろ、彼の揺るぎのない闘いに引きずられるように付いていったというのが実相に近い。ただ、一般的には「壮絶な闘病」と表現されるのだろうこの時期に、私の直接の感じは少し違っていた。むしろ、ぎりぎりのはずの身体状況の中で、当たり前のように日々の業務に向かっている姿が、今も目に焼きついている。

午前中は、内科の同僚として斜め向かいの診察室で外来診療を行ったあとで、彼自身が患者として過ごす午後の短い時間に、私は担当医として病室で彼に向き合うのだが、その際も彼はサイエンティストとしての自分の軸を少しも崩していない。訪室するとベッドに半坐位になりながら、医学論文を読んでいることが多かった。あまりにも淡々と客観的病状を受け入れながら、淡々と平静な生活のリズムを刻む彼に、かけるべきはずの適切な言葉を見つけられずにいた。その意味では、限られた身体的なサポートのほかに私ができたことは少ない。同世代の医師同士という関係が、患者である彼の中で、私に対しても直接的には弱音を語りたくないという心理として作用していたとすれば申し訳なかったような気もするが、それでよかったような気もする。

彼の没後に、初めてこの稿を手にし、彼が内面でこんなにも激しい戦いを続けていたことを（想像はしていたものの）改めて思い知る。当たり前だが、進行癌の重圧は彼をも確かにずっと苛んでいたのだ。その絶大な敵と格闘しながらも、あるべき自己の姿を決して見失わなかった彼の生き様を改めて思い起こす。同じ学窓に学んだ同時代人として、医療人として、そして同じ年頃の子どもを持つ父親として、自分自身を問い直す鏡のような彼の生き方を思う。

この手記には、終末期の癌患者の苦悩の一つの典型という以上に、板橋繁という固有の宿命が刻み続けた生の形が息づいている。運命の幸不幸の解釈も拒絶して動じない、一筋の硬質な軌跡を目の当たりにして、私はまたも語るべき言葉を失う。

送る言葉

みやぎ県南中核病院中央診療部長　**高橋道長**

本日ここに、故板橋繁君の、学生時代のサッカー部の先輩として、また職場の同僚として、さらにGサッカー部OBチームのメンバーを代表して、謹んで送る言葉を捧げます。

板橋君、君と僕が、初めて言葉を交わしたのは、君がS一高に入学して、サッカー部の練習を見に来ていたときだったね。僕と同じ中学出身で、君の顔はわかっていたから、気軽に声をかけれたんだ。君は、サッカー経験者でもなかったのに、サッカー部にあっさり入部してくれた。当時の一高サッカー部は、総体のS市予選を突破できるか否かの弱小チーム。君は、身長があって機敏だったから、みずからキーパーを志願したはずだ。秋の新人戦では、君がゴールキーパーで、僕がバックスの中心のスウィーパー。S市予選の代表決定戦のS高校戦では、君は神懸かり的セイビングを連発して、一－〇の勝利に貢献した。強烈な敵のシュートを左手の中指の先端でゴールマウスからはじきだしたのを、今も鮮やかに憶えているよ。

君が二年生の時の総体予選、対T高校戦。ゴールキーパーだった君のパントキックを後ろから頭に食らった僕は、君をはげしく怒ったものだ。後にも先にも、味方のキーパーの蹴ったボールを後ろからぶつけられたのは、あのときだけだった。後日成人して、君と酒を飲むとき、酔っぱらうと僕はこの話を君にいつもしたから、その度に君は僕に泣きながら謝っていたね。君と僕との高校サッカーは、S市の各グループ三位同士の三チームによる最終予選で終わった。得失点差一点の差で、県大会出場をのがして、僕たちは一点の重みをいやというほど味わった。君が高校三年の時、僕は大学に入学して、一高サッカー部のコーチに就任した。S市予選でチームは連戦連勝、総体予選を一位で抜けて県大会でも勝ち続け、決勝まで進んだ。決勝の相手は、練習試合で〇－九で大敗したS高。君は好セーブを連発したものの、力及ばず、結果は〇－二で準優勝。一高が優勝を逃したのは本当に残念だったが、決勝まで進んで大活躍した板橋がちょっとだけ、うらやましかった。

僕が医学部の三年の時、君は医学部に合格し、当然のように医学部サッカー部に入部。君と僕は、再び同じチームでサッカーをすることになった。東N大会での優勝を目指し、連日激しい練習に励んだが、ベスト四への壁は高く、いつもベスト八で涙をのんでいた。

君は、入学当時はゴールキーパーだったが、得点センスがあるのを見込まれて、三年の後半からはセンターフォワードに抜擢された。そして、僕が六年で板橋が四年生のときの運命のS市での東N大会。GサッカーはTコーチとNキャプテンのもと、蹴って走るサッカーで、ぼこぼこのMサッカー場の試合を勝ち抜き、ベスト八の壁を見事突破して決勝戦では優勝候補筆頭のC大学と対戦した。テクニックで圧倒されながら、でこぼこのグラウンドとホームの圧倒的な声援に助けられ、〇－〇のまま延長戦に突入。このままPK戦かと思われた延長後半終了三分前、敵コーナーキックから僕のマークしていた相手にヘディングシュートを決められた。万事窮すと思われたが、僕たちは決してあきらめなかった。ボールを直ちにセンタースポットに持ち帰り、猛反撃。終了一分前にコーリーキックを獲得した。左コーナーキックをKがヘディングし、Sさんがキーパーの直前で、ヘディングでコースを変えて、奇跡の同点ゴールを決めた。試合はそのまま終了しPK戦に突入した。五人ずつ蹴って三－二の同点からサドンデスの三人目、C大が外したあとにTが決めた。サッカーの神様がGサッカー部に、そして板橋に舞い降りた瞬間だ。Gサッカー部が歓喜の初優勝を果たし、Tコーチと一緒に夕日に向かってダッシュした僕たちは、青春映画のヒーローだった。

その後、僕は一〇月の全国大会準優勝をもって引退した。君との学生時代のサッカーは終わりを告げたが、君は、T大に板橋ありと他大学から恐れられるセンターフォワードに成長した。勇猛果敢にゴール前に飛び込み、ゴールを量産し、五年、六年と東N大会、全国大会ともに連続優勝を成し遂げ、無敗のまま卒業した。東N大会三連覇、全N大会二連覇の偉業は、これまで、どこの大学にも破られていない。サッカーの神様に祝福された君を、僕は誇りに思ったが、すこしだけうらやましかった。

大学を卒業して、初期研修の終了後、僕はT大の第一外科に、君は老年科に入局した。サッカーがやりたくて仕方がなかった僕たちは、いろんなサッカーの試合を企画した。第一外科対第二外科の定期戦や、T大第一外科とF医大第一外科との試合に、僕の助っ人として君はやってきて、必ず点をとったから、相手チームから、やりすぎだと非難されたね。君は点を取った後いつもはでなガッツポーズをとるものだから、相手は余計にくやしがっていたね。

今から十六年前、僕たちはついに念願のGサッカー部のOBチームを正式に結成し、S

市のクラブリーグに登録した。いよいよ僕たちのサッカーをする母体が整ったが、僕はS市から離れたため、しばらく君とは一緒にプレーできなかった。

その間、君はOBチームのキャプテンとなり、精神的な柱として、チームメイトを鼓舞し、チームを統率する役割を担った。僕が、M県に帰ってきた七年前から、君との人生三回目のサッカー生活が始まった。お互い、もう四〇歳をこしていたが、サッカーに対する情熱はかわらず、大雨の日も、風の日も、夏の猛暑の中も、かじかむような冬の寒い日でも、君は、S市にいるときは必ず試合にきていたね。夏の日のある試合、灼熱のグラウンドで、相手のゴール前でゴールを目ざしてヘッディングした君は、相手と接触して転倒。急いで近寄ってみると眉間から大出血していた。意識は朦朧として、手足を痙攣させており、僕たちは大慌てで救急車を呼んだ。実際には傷は浅く、三cmの裂傷だけだったが、板橋は、当分、サッカーはできないだろうと皆思っていた。ところが、二週後の試合にユニフォームを着て、僕たちの前に君は現れた。そして、何もなかったかのように、先発出場した。

Gサッカー部OBチームばかりでなく、M県の四〇歳以上のリーグ戦に、Iチームの一員として、君と僕は、SとSとともに登録し、存分にサッカーを楽しんだ。I市の芝生のグラウンドで君が現役時代を彷彿とさせる強烈なヘッディングシュートを決めたのを、僕は忘れない。ただ、君が毎週日曜日に自分でサッカーばかりやって、子供たちの面倒をみなかったから、君の子供たちがサッカーをやらなくなったと、僕は確信している。

三年前の秋、君がみやぎ県南中核病院に異動になるとの情報を聞いて、僕が驚き、どれほど喜んだことか。君と一緒に県南中核病院をGサッカー部の拠点にしようと心に決めた。二〇〇四（平成十六）年十二月に君は予定通りうちの病院にやってきた。喜んだのもつかの間、なんという運命のいたずらだろうか。君は一月の内視鏡検査で、胃癌と診断された。そして君は、うちの病院で手術を受けることを決めた。まさか僕が君を手術することになろうとは。君からの信頼に応えるべく、M教授とともに二〇〇五（平成十七）年三月一日、僕は全精力を尽くして、手術にあたった。結果は、五年生存率五〇％未満の進行胃癌であった。

手術後、君は驚異的な回復をみせ、三月二十三日にはM教授の退官記念会に出席し、六月には、フットサルもできるようになるまで回復した。それから一年の間、君は、胃癌の手術を受けたことを忘れたかのように、サッカーに打ち込んだ。縦横無尽にグラウンドを駆け巡る君をみて、僕はこのままずっと君と一緒にサッカーができると錯覚していた。しかし、癌は容赦なく君を襲い、二〇〇六（平成十八）年一〇月に後腹膜に再発。いったん小康状態になったのもつかのま、二〇〇七（平成十九）年の二月からは、食物の通過障害が現れ、ほとんど食物が通らなくなった。胃癌の腹膜再発と診断され、三月には鎖骨下静脈に点滴用のポートを植え込まれ、栄養補給と抗癌剤の点滴を行うことになった。つらい闘病生活が続いたね。しかし、君はこんな状態の中でも一度たりとも主治医の僕に弱音をはいたり、愚痴や不満をぶつけることはなかった。ただ、幼い子供たちを後に残して逝くのが心残りだともらしていたね。

四月二十二日のGサッカー部のクラブリーグの試合に、君は運動着を着て現れた。雨模様だったこともあり、まさか試合には出ないだろうと思っていたら、後半の十五分に交代出場してきた。得点こそあげられなかったものの、君はダイビングヘッドも試み、常に得点をねらっていた。僕は、ドクターストップをかけたかったが、君の熱意には降参した。試合後、中心静脈ポートを入れてサッカーの試合に出場した君は、ギネスブックものだと、みんなで賞賛した。

六月九日、T大とF医大とのOB交流戦に君は再びやってきた。癌の進行によるるい痩のため、普通の人であれば立っているのもやっと、という状態の中、君はゴールキーパーをつとめファインセーブを連発したね。試合の後半には、フォワードで出場し、ゴール前の混戦の中、遂に得意のダイビングヘッドですばらしいゴールを決めた。僕たちは全員で君を囲み心から祝福した。この瞬間がずっと続くように全員が祈った。しかし、癌はそれを許してはくれなかった。

君が、腹痛を訴えて緊急入院したのは、まさにその試合の翌日の早朝だった。T大での治療の甲斐なく九月十二日早朝、東N大会三連覇当時のサッカー部コーチTさんが東京からかけつけた直後に君は天国へ召された。

死の直前、君は生まれ変わっても、再び医者になって、同じようにサッカーをやりたいと言っていた。心からサッカーを愛し、サッカーの神様に祝福された男よ。こんなにも早く、逝ってしまうとは。酒を飲んで、昔のように泣きながら僕にからんでくれ。また、僕たちと一緒にサッカーをやってくれ。君の得意のダイビングヘッドをみせてくれ。倒れても倒れても、不屈の闘志で立ち上がってくれたじゃないか。

僕たちに多くの感動をくれてありがとう。君との思い出は永遠に僕たちの心に刻まれています。天国でサッカーをしながら、僕たちと、残されたご家族を見守ってください。ご遺族の皆様には及ばずながらできる限りのお力添えをお約束いたします。板橋君どうぞやすらかにお眠りください。

エピローグ

みやぎ県南中核病院院長　内藤広郎

板橋先生が逝ってから、あっという間に一年半が経とうとしている。彼のご家族にとっては本当に激動の一年半だったはずである。一家の大黒柱である彼が、高校生、中学生、小学生の子どもと奥さんを残して逝ってしまわなければならなかった事実は厳然たるものであり、それでも粛々と時間は過ぎてゆく。だからといって、時の流れはどこまで癒しと勇気を与えられるのか私には分からない。

当院はと言えば、あまりに彼がやってくれていたことの意味が重すぎることに改めて気づくことばかりである。呼吸器内科診療はもちろんだが、院内感染対策のプロとしての仕事を引き継ぐ人材などそう簡単に見つかる訳もない。本当に世の中は必要な人から順にいなくなってしまうのではないか！

病院の方は、彼がいなくなっても患者さんは受診するし、医療従事者も日々の生活に追われ続けている。毎日厳しいなかで、気づくのは彼が病院に残してくれた大きな遺産である。彼が闘病生活のなかで示してくれた、生きる、生きぬく、というメッセージの他にも、形に残る重要な遺産もある。彼の薫陶を受けた初期研修医が将来の専門として呼吸器内科を選んで、昨年の春、当院から大学院生としてT大学へ入学した。ほかにも、彼と一緒に呼吸器内科の臨床がやりたいという医師が県の医師募集プログラムに応募してきて、当院へやってきた。事前に病院見学に来てくれた際に「板橋先生は残念ながら二〇〇七年九月に亡くなりました」と説明させてもらったら、それでもここでやりたいと言うことで当院への着任を決めてくれた。さらに、二名の医師が合流して、今年度から新しい呼吸器内科チームができあがった。彼の魂の吸引力によるものだと思わないではいられない。

一周忌にサッカーボールの形をした墓石がのっている彼のお墓に挨拶にいった。いろいろ報告して、そして心から感謝した。そのとき、心の中でこう話しかけた。「全ての人に最も平等なことは時間の流れる速さだけど、人生の終わりまでの長さと、時間の使い方、生き方の能力くらい不平等なことはない。俺の知ってる限り、その能力は先生が一番だったよ、少し自分も見習う」と。

（二〇〇九年三月）

既刊案内

へるす出版新書 005

あなたは救命されるのか

わが国の救急医療の現状と問題解決策を考える

小濱啓次／川崎医療福祉大学教授

救急医療は医療の原点であることを、医師も行政官も国民も理解して、救急医療体制の整備、構築に当たることが、救急医療改革の基本である。そのためには、医師が「医療は仁術」であることを理解し、行政はそのための財源を提供して、これに応える。また、国民はこれを当たり前のこととして享受するのではなく、そこには多くの関係者の努力と献身があることを知って、救急診療を受けるべきである。

著者は現状を憂いながら、救急医に、行政に、「これでよいのか」と切りかかる。しかし、その本意は、救急医たちへの激励にある。

定価1,260円　ISBN 978-4-89269-644-2

へるす出版新書 006

目を向けよう！　重度認知症の世界に

「精神科医ドクター HK」の挑戦 (2)

黒澤　尚／日本医科大学名誉教授

認知症は最初は軽度であっても、重度に進行していく。認知症の診断は医療機関で、ケアは介護保険で、といった今の流れだけでよいのだろうか。この流れでは対応できない重度認知症、対応困難な周辺症状を呈している人たちがいるのも事実。この人たちの中の5.2万人は精神科病院に入院している（2005年）。精神科病院に認知症患者を入院させるべきではないと声高らかに述べている人たちもいる。それでは、入院させないようにするためにはどうしたらよいのか、早期退院させるにはどうしたらよいのか、入院中の患者にはどう対応するのがよいのか。

本書では、こうした従来あまり論じられてこなかった重度認知症の世界に目を向けてみた。『「精神科医ドクター HK」の挑戦』の第二弾。

定価1,260円　ISBN978-4-89269-645-9

既刊案内

へるす出版新書 003

かかわりの途上で

こころの伴奏者、PSWが綴る19のショートストーリー

相川章子／聖学院大学准教授　田村綾子／(社)日本精神保健福祉士協会常任理事・研修センター長　廣江　仁／(福)養和会障害福祉サービス事務所F&Y境港所長

精神障害者の社会復帰支援から虐待やいじめ、不登校、自殺、犯罪被害者、認知症の分野にまで、役割も職域も大きく拡大しつつあるPSW。しかし、その活動実態はもちろん、何を拠り所とした専門職なのかもまだあまり知られていない。そこで本書では、3人の現役若手PSWが日々の活動の中で経験した、こころを病む人を支え、寄り添う「かかわり」の実際を、臨場感あふれる19本の短い物語集として編んだ。一つひとつのエピソードに登場する人たちから多くの影響を受けながら成長していくPSWが、その時々に何を思い、どんな信念からどうしたかったのか、また言いたくても言えなかった気持ちや仕事上黙ってこらえた感情などを率直に、真っ直ぐに言葉にした。

定価1,260円　ISBN978-4-89269-642-8

へるす出版新書 004

重度認知症治療の現場から

「精神科医ドクターHK」の挑戦(1)

黒澤　尚／日本医科大学名誉教授

巷では認知症の早期発見・早期治療と啓発活動が盛んに行われている。在宅や入所での介護についての情報も豊富だ。ただ、これらの情報はややもすると軽度から中等度の認知症についてであり、これで認知症対策は事足れりとするわけにはいかない——と、著者は指摘する。在宅や介護施設で対応しきれなくなった重度の認知症治療の人たちはどこに行くのか？

精神科医である著者が、自身の認知症治療の経験から、重度認知症患者の現状や抱える問題点を提起、これまであまり知られてこなかった精神科病院における認知症治療の実態を浮き彫りにする。

定価1,260円　ISBN978-4-89269-643-5

既刊案内

へるす出版新書　001

学校に行けない／行かない／行きたくない

不登校は恥ではないが名誉でもない

冨田和巳／こども心身医療研究所所長

　不登校の兆候はまず身体症状として現れる。小児科医である著者は、これを「拳銃」に例え、引き金（出来事）、弾丸（子どもの性格）、火薬（環境）の条件を考慮する必要があると訴える。そして、学校にのみ責任を負わせ、子どもの学校に行かない選択・自由・権利を主張する不登校肯定論を否定し、子どもにとって学校ほど大切な所はないと反論する。「不登校は暦年齢に求められる社会集団に属せない者の増加による、いわば日本の現代文化である」という独自の定義を、読者はどう捉えるか？

　本書は、医師のみならず、教育関係者、臨床心理士、不登校児を抱える親にも理解しやすく、大いに参考になるにちがいない。

定価 1,260 円　ISBN 978-4-89269-640-4

へるす出版新書　002

なぜ、かくも卑屈にならなければならないのか

こんな患者 - 医療者関係でよいわけがない

野笛　涼／内科医師

　イキのいい 40 代の内科医師が声を上げた。とにかく今の状態では、「医療が萎縮し、荒廃し、後退する」と嘆き、「なぜ、医療者は、かくも卑屈にならなければならないのか」と憤慨し、「間違っている。誰かが声を上げなければ。間違っている！」と立ち上がった。「患者さまのこと」「大騒ぎになる病院への投書」「繰り返される病院のコンビニ化」等々。わけもなく叩かれつづけている医療者にとっては、「よくぞ言ってくれた」「実際そうなんだ」と思わず叫びたくなる。そうでない読者にとっては「えっ？　こんな患者いるの？」「嘘！　ありえない！」と思わず叫びたくなる。

　歯に衣着せぬ、軽妙な言い回しで、バッタバッタと斬りまくる、痛快エッセイの数々。

定価 1,260 円　ISBN 978-4-89269-641-1

板橋　繁　いたばし・しげる
1985年３月東北大学医学部卒業，同年４月東北大学医学部第１内科（研修医），同年６月岩手県立胆沢病院内科（研修医），1988年５月東北大学医学部附属病院老年科医員，1989年５月同助手（1992年７月～1994年11月ブリティッシュ・コロンビア大学セント・ポール病院留学），1998年１月塩竈市立病院呼吸器科長，1999年６月同部長，2002年４月塩竈市立病院内科部長，2004年11月みやぎ県南中核病院呼吸器内科部長。2005年２月胃癌告知，2005年３月胃亜全摘手術，同年４月化学療法開始，2007年３月胃癌腹膜転移（癌性腹膜炎），2007年９月12日，永眠。

へるす出版新書　007

できれば晴れた日に
自らの癌と闘った医師とそれを支えた主治医たちの思い

発行日　2009年６月５日　第１版第１刷発行
　　　　2009年８月25日　第１版第２刷発行
　　　　2011年６月１日　第１版第３刷発行
著　者　板橋　繁
発行者　岩井壽夫
発行所　株式会社へるす出版
　　　　東京都中野区中野2-2-3　〒164-0001
　　　　TEL［販売］03-3384-8035［編集］03-3384-8155
　　　　FAX［販売］03-3380-8645［編集］03-3383-1584
　　　　振替　00180-7-175971
印刷・製本　広研印刷株式会社

ISBN978-4-89269-675-6
へるす出版ホームページ http://www.herusu-shuppan.co.jp

へるす出版新書　007

できれば晴れた日に

自らの癌と闘った医師とそれを支えた主治医たちの思い

板橋　繁／内科医

四十代半ばの医師が癌に罹った。2005年３月胃亜全摘手術。執刀医は高校サッカー部の先輩。ほぼ２年後の2007年３月胃癌腹膜転移。「闘病記」執筆をすすめられ、悩んだ末に遺すことに決めた。書きつづっていた日記を振り返り、新たに思いや説明を加え、同年６月に脱稿。それから３カ月後、３人の息子と妻を遺して永眠。

著者の没後、かかわりの深かった医師たちが、「闘病記」を読み解き、それぞれが「その時・その日」の思いや苦悩を追記した。それは主治医・同僚・上司という立場を越え、自らの来し方行く末にも思いをはせるものとなった。本書は単なる「闘病記」ではない。「この死」には語りつくせないドラマがある。

定価1,260円　ISBN978-4-89269-675-6

へるす出版新書　008

「本物」の医療者とはなにか

映画『ディア・ドクター』が教えるもの

太田祥一／東京医科大学教授

西川美和原作・脚本・監督の映画『ディア・ドクター』の医学監修・医療指導に携わるなかで、著者は「どうしたら今の社会に求められている本物（プロ）が育つのだろうか？」と考え始める。本書では西川監督や笑福亭鶴瓶氏、余貴美子氏らとの対談を通して、医学教育の現状と問題点、望ましい患者‒医療者関係などを浮き彫りにし、あるべき医師、看護師像を考えていく。どうしたら確かな技術はもちろん、「この人なら任せられる」という安心感に値する何かをもつプロが育つのだろうか。研修医、医学生、看護学生はもちろん、教育者・指導者たち必読の書。

定価1,260円　ISBN978-4-89269-647-3

既刊案内

へるす出版新書 009

こんなに変わった子宮がん検診

専門医 Dr. ふじこが教えます！ 検査と対応の最新事情

伊藤富士子／国際セントラルクリニック婦人科部長

20代、30代のこれから赤ちゃんを産むはずの世代に子宮頸癌患者が増えている。子宮がんをごく初期の段階で見つけ、子宮摘出などといった事態を防ぐには、適切かつ継続的な検診しかないことを著者は強調する。本書は、産婦人科医でもあり、細胞診専門医でもある著者が、検診受診者の視点に立って書いた「子宮がん検診入門」である。

子宮がん検診の種類・方法、検診結果の読み方、2009年度から新たに採用されている検診結果の報告様式「ベセスダシステム」、また最近開発されたHPVワクチンについてなど、子宮がんと子宮がん検診にまつわるすべてを、最新事情を交えつつ詳しく解説した。

定価1,260円　ISBN978-4-89269-676-3

へるす出版新書 010

高気圧酸素療法再考

虚血を救う—治せるものは何か

八木博司／八木厚生会理事長

高気圧酸素療法とは、高い気圧の環境下で純酸素を呼吸させることにより、生体内に生じた低酸素状態を改善する治療法である。一酸化炭素中毒や減圧症、動脈閉塞、難治性創傷に対する治療効果など、高気圧酸素療法には臨床医学的に注目すべき面が少なくない。

本書は、同治療法がわが国に導入されて以来、50年にわたり研究と普及に取り組んできた著者による、理論と実践の書である。メカニズムや臨床応用例の解説のほか、最近、プロスポーツ選手などが使用し注目を集めている酸素カプセルについても、専門家の立場から安全性と有効性について検証、疑問を投げかける。

定価1,260円　ISBN978-4-89269-673-2